『ファントム・コンビネーション』
様々な打撃が凄まじい回転数でリックに襲いかかる。

「悪いけど、勝たせてもらいますよ。ブロストンさん」
「理由は分からんが吹っ切れたようだな。リック」

昔見た光景。
自分のような「異物」は
決して交わることの
できない世界。
（ああ、見ているか。
父上、兄弟たちよ）

勝ったらリーネットと
泊りで温泉旅行おおおおおお
おおおおおおおおおおおおお
おおおおおおおおおお
おおおおおおおおおお
おおおおおおお
おおおおおお!!

新米オッサン冒険者、最強パーティに死ぬほど鍛えられて無敵になる。

4

岸馬きらく

口絵・本文イラスト　Tea

新米オッサン冒険者、最強パーティに死ぬほど鍛えられて無敵になる。④

プロローグ

――二年前。

ギルドの事務員を辞《や》め、冒険者《ぼうけんしゃ》になると決意したリック・グラディアートルだったが、正直なところ不安が無かったかと言えば、完全にNOであった。

リックはその時すでに三十歳《さい》。普通《ふつう》の冒険者よりも十年以上は出遅《でおく》れである。何より『二十代のうちに魔力《まりょく》を鍛《きた》えなければその後の上昇《じょうしょう》は望めない』という、絶対的な現実がある。

武術や武器制作のような何か戦闘《せんとう》に役立つ技能を身に付けてるわけでもない。

唯一《ゆいいつ》の希望と言えば、ドラゴンを倒《たお》した時に見せた固有スキルだろうか？　しかし、あの後、スキルを発動しようと試みたが出せなかった。一度目覚めた固有スキルが消えることはさすがにありえないようだが、どうやったら発動するのか分からない状態である。

そんな不安を背負って初めてやってきた山奥《やまおく》の廃城《はいじょう》、ビークハイル城。『オリハルコン・フィスト』の集会場である。

そこで、リーネットに紹介《しょうかい》されたのは。

「お前が、リーネットの言っていた男か。話は聞いていたが本当に三十代とはな」

「⁉」

身長230㎝を超《こ》える巨漢《きょかん》のオークだった。なぜか、当然のように人語をしゃべっている。

リックは、充血《じゅうけつ》するほど自らの目を擦《こす》ったが、どうやら目の前の喋《しゃべ》る灰色のオークは幻《げん》覚《かく》ではないらしい。

「オレの名は、ブロストン・アッシュオーク。リーネットと同じくSランク冒険者だ。よろしくな」

「あ、はい」

その異様と威《い》風堂々《ふうどうどう》たる態度にいつの間にか敬語になっていた。

圧倒《あっとう》されるまま、リックは差し出されたブロストンの手を取って握手《あくしゅ》に応じた。

恐《おそ》ろしくデカく分厚く、力強い手だった。

仮にリックが振《ふ》りほどこうと全力で暴れても微動《びどう》だにしないだろう。

「ふむ。特に武術の心得も魔法《まほう》の心得も無し……か……」

「え？　握手しただけで分かったんですか？」

「ああ、力の動きと魔力の流れ方に意識を向ければ難しいことではない」

「いや、それは無い」

事務員を十四年やっていたが、そんな奴《やつ》はいなかった。

当時のリックはまだ、常識とまともな精神を失っていなかった。

「ふむ……」

ブロストンは顎《あご》に手を当てて唸《うな》る。

「どうしたんですか？」

「今更《いまさら》大きなお世話に感じるかもしれんが、一応確認《かくにん》しておこう」

ブロストンは淡々《たんたん》とした口調で言う。

「冒険者である以上、戦闘能力は必須《ひっす》になる。戦闘において最も重要な要素の一つは『魔力量』だ。魔法が使えるのはもちろん、自らの体に魔力を循環《じゅんかん》させて身体能力を向上させる『身体強化』は、肉弾戦闘《にくだんせんとう》においても必須中の必須。つまり、お前はこの時点で、重要な強さの柱を一つ失《な》くしている状態だ。そして、『魔力量』はこれから増えることはない」

ブロストンの言い方は、本当に淡々としたものだった。無謀《むぼう》な挑戦《ちょうせん》だと責めるわけでもなく、かと言ってお前ならできると励《はげ》ますわけでもなく。ただ、懇々《こんこん》と事実を羅列《られつ》していく。

だからこそ、今のリックにとっては胸が締《し》め付《つ》けられるような思いだった。

「先ほど手を握《にぎ》った感じでは、特別何か身体能力や魔力操作技術に関して才能があるわけでもないようだ。唯一才能と言っていいのは固有スキルだが……リーネットから聞いた話ではあまりあてにしないほうがいい類《たぐい》のものだろうな。固有スキルには『常時発動型』『任意発動型』『条件発動型』の三つがある。お前の固有スキルはおそらく『条件発動型』だ。それも、二十年以上発動しなかったところを見ると、その発動条件は相当に限定的。かつ、リーネットから聞いた話では使用後の反動が恐ろしく大きいと来てる。もう一度言うが、アテにしていいようなものではない。つまり、お前には現状『何もない』のだ。才能も能力も。それは自覚しているか？」

リックは少し俯《うつむ》いて黙《だま》ってしまう。

言い返したいのだが、改めて自分の現状を言われると我ながら、他人だったら引き留めているかもしれない悲惨《ひさん》な現状である。ブロストンはSランク冒険者。その世界の超一流《ちょういちりゅう》である。そんな男からしてみれば、リックの挑戦は無謀もいいところだろう。

「……もちろん、自覚は、してます」

リックは一度深呼吸をすると、顔を上げた。

「……だから、強くなれないと、諦《あきら》めろと？　そういうことですか？」

しかし、ブロストンの表情は予想外のものだった。


「何を言っている？」


「え？」

妙《みょう》な勘違《かんちが》いを起こした相手を訝《いぶか》しむような表情だったのである。

ブロストンはさも当然のような口調で言う。

「三十代で魔力量は鍛えられておらず最少レベル、武術や武器作成の心得があるわけでもなく、唯一才能と言ってもいい固有スキルも使いがっての悪い暴れ馬……」

やはり改めて聞くと、アホらしくなるほどマイナス要素ばかりである。

「だが……」

次にブロストンの口から放たれた言葉を、リックは生涯《しょうがい》忘れることはないだろうと思っている。

「『たったその程度のこと』でどうにもならないほど、世の中強くなる方法が少ないわけではないぞ？」

「……」

「必要なのは常に、体と頭を使って正しい道を進み続ける『意思の力』だ。それさえあればな、世の中の大抵《たいてい》のことというのは本当にどうにかなる。お前さえよければオレがその『どうにかしかた』を教えてやる。少々厳しい修業《しゅぎょう》になるが……どうだ？」

問われたリックだったが、しばらくその場で沈黙《ちんもく》してしまった。

否定されると思っていたのだ。これまでと同じように。自分自身、自分の挑戦は無謀なものだと分かっているから。

それを、こうまであっさり「できる」と言われてしまって、嬉《うれ》しいのか驚《おどろ》いたのか信じられないのか、とにかく訳が分からない気分になってしまったのである。

しかし。

リックはブロストンの目を見る。

真っすぐにこちらを見ていた。嘘《うそ》や冗談《じょうだん》を言っている様子は一切《いっさい》ない。

本当にこの男は「できる」と確信しているのである。

ならば、自分が足踏《あしぶ》みしている場合ではなかろう。

「はい。やりますよ。夢のためなら。何が何でも俺《おれ》は強くなります」

「うむ。いい目だ。では、修業を開始する‼」

その日から、リックとブロストンの師弟《してい》関係は始まった。

リックは日々ブロストンから指導を仰《あお》ぐ中で、この喋る灰色オークについての認識《にんしき》を改めていった。

「いいか、リックよ。オレの作ったこのトレーニングメニューをこなしきれれば、お前はオレに匹敵《ひってき》するほどの『体力』を身に付けることができるぞ」

ブロストンから語られる強くなるための理論は明快かつ論理的。リックの質問に対して難しい理屈《りくつ》でもかみ砕《くだ》いて理解できるように説明する。そして、その理論が一切ブレることがない。そして何よりも、自らの理論を体現するかの如く、単純にブロストン自身が化け物のごとく強いのである。

すげえ。

と、リックは感嘆《かんたん》した。

こんな凄《すご》い人《オーク》がこの世にいるのか、と。

リックはこれまでの三十年の人生で、何人か凄い人だと感じる人間と出会ってきた。それは、自分の父であり、国民学校の時の担任であり、職場の上司であり、冒険者として名を上げた友人であり……しかし、ブロストンは明らかに次元が違《ちが》う。

これが、超一流というものなのか。と、素直《すなお》に一人の男として強い敬意と信頼《しんらい》を持つようになっていった。

その信頼は裏切らず、リックは恐ろしい勢いで強くなっていった。

リックは思う。

三十歳の自分には、人生を大きく変えた二つの素晴《すば》らしい出会いがあったと。

一つは、リーネットとの出会い。冒険者になることを決意できた。

そして、もう一つは師であるブロストンとの出会い。リックを実際に一人の冒険者に育ててくれた、素晴らしい出会いだった。

全くもって、自分は運がいいと思う。

まあ、一つ。大きな誤算があったとすれば。

「では、リックよ。今日は軽めに、隣《となり》のラミレー街まで走るとするか」

「どこが軽めですか⁉　ラミレー街は山三つ越えた『帝国《ていこく》』の街でしょ‼」

少々厳しいと聞かされていた、修業が全然『少々』じゃなかったことである。

ちなみにビークハイル城からラミレー街までは、約２０００㎞である。少々とはいったい……。

「む？　ちゃんと隣の『国』だろう？」

「オカシイ、コトバガツウジナイ」

「安心しろ、今日の重りはいつものものより随分《ずいぶん》軽い」

「むしろ重りつけるんかい!!」

そう言って、ブロストンが取り出したのはいつも使っている、ミゼットが作ったチェーンの付いた１００kgの鉄の重りだった。

「昨日倉庫にしまう時に、一部欠けてしまってな。30グラムも軽くなっているぞ」

「誤差じゃねえか⁉」

「さあ、始めるぞ。いつも通り遅《おそ》ければ後ろに付いてきてるアリスレートから活が入る」

「さありッくん、今日も元気に行ってみよー」

どこからともなく現れた吸血鬼《きゅうけつき》の幼女、アリスレートが、鉄の重りの上に飛び乗る。

ちなみにアリスレートの活とは、リックが動きを止めた時に、リックの半径５ｍにクレーターが発生するほどの爆発《ばくはつ》を起こすことである。もちろん、活どころか一撃《いちげき》で瀕死《ひんし》である。というか、普通に死ぬ。

しかし、そこはブロストンがいる。ブロストンのヒーリングは、本当に絶命しても時間がたっていなければ治してしまえるのである。そして訓練を再開するのだ。

「死の恐怖《きょうふ》は肉体のリミッターをはずす、これで最高に効率よく鍛えられるぞ」などと言ったブロストンは、オークではなく魔王《まおう》に見えた。

「よし。スタートだ」

「ゴー、リッくん、ゴー!!」

「ぬああ、くそおおおおおおおおおおおおお!!」

第一話　ブロストンさんと戦うということ。

第108回『拳王《けんおう》トーナメント』準決勝を終えた翌日。

『ヘラクトピア』中央部にある東部拳王闘技場《とうぎじょう》には、早朝にもかかわらず多くの記者や『闘技会《とうぎ》』の関係者がつめかけていた。

選手の疲労《ひろう》を取るため準決勝の後、決勝まで一日開けることになっている。本日はエキシビションの試合のみが行われる予定である。

しかし、そのエキシビションの試合が始まるにもまだ時間はあった。

にもかかわらず、記者団は闘技場の一画にある第一会議室に溢《あふ》れんばかりに詰《つ》めかけているのである。用意された椅子《いす》に座《すわ》ることができずに立って聞いている者も多い。

彼《かれ》らの目的はただ一つ、これから行われる前回大会優勝者の会見である。

――来たぞ……!!

記者団からざわつきが起こり、壁際《かべぎわ》に置かれたデスクに均整の取れた体つきの犬人族と人間族の五十代ほどの男が現れる。

ケルヴィン・ウルヴォルフとケルヴィンの所属する闘技団体『レッド・リングス』のオーナー、ジョー・ブラックスミスである。

ケルヴィンは準決勝でブロストンと激闘《げきとう》を繰《く》り広《ひろ》げた後とあって、包帯が巻かれていた。

少々痛ましい姿ではあるが、記者たちも仕事である。早々に一人の年配の女性記者が質疑を開始した。

「チャンピオン。先日の準決勝は素晴らしい試合でした」

「おいおい、チャンピオンはやめてくれよ。俺は負けたんだからよ」

ケルヴィンは軽く笑って、そう言った。

「分かりました。では、ケルヴィン選手。その先日の素晴らしい試合についてですが、素晴らしい試合を演じたアナタの動きも、これまでにないほど素晴らしいものだった。ええ、そうです。まるで、昨日までのアナタが手を抜いて戦っていたんじゃないかと思うような、本当にレベルの違う動きだったと見ていて感じました」

女性記者の言葉に、集まった他の記者たちも頷《うなず》く。

そう、彼らも皆《みな》同じ感想だった。要は彼らの聞きたいことは一つである。

これまでの試合で、手を抜いて戦ってきたのか？　ということだった。

もし本当にそうだったとしたら一大事である。ケルヴィン・ウルヴォルフは、間に一度の敗戦を挟《はさ》み、計五年間もチャンピオンの座を守り続けた絶対的な王者である。『闘技会』が国民的な娯楽《ごらく》である『ヘラクトピア』にとって、ケルヴィンの試合は誰《だれ》もが目にしたことのあるものだ。国民たちは、チャンピオンが連勝を伸《の》ばすかそれとも今度こそ負けるか、と手《て》に汗握《あせにぎ》りながら観戦してきたのである。

そうして、自分たちが熱狂《ねっきょう》してきた試合の裏で、実は手を抜いて戦っていたとあっては心情的に納得《なっとく》できるものではない。

仮にそれが、ケルヴィンという選手が自分が強すぎるせいでここにいる人々が『拳闘会《けんとうかい》』そのものから離《はな》れていくことを恐れてのものだったとしてもである。

「えー、それについては、我々の、いやオーナーであるこの私の責任だ」

そう言って、記者の質問に返したのはケルヴィンではなく、オーナーのジョーであった。

記者たちの視線が一気にジョーの方に切《き》り替《か》わる。

「それはつまり、オーナーであるアナタの指示で、ケルヴィン選手はあえて手を抜いて接戦を演じていたということでよろしいですか？」

年配の女性記者がやや非難するような口ぶりでそう聞いてきた。

「そのと――」

その通りだ。

と言おうとして、ジョーは一瞬《いっしゅん》言葉を詰まらせた。

会場を埋《う》め尽《つ》くす何十という人々の目が強い怒《いか》りと侮蔑《ぶべつ》を込めてジョーの方に向けられている。

それはそうだろう、もしこれを認めればジョーはオーナーの立場で国民的英雄《えいゆう》であるケルヴィンを脅《おど》し、裏で真剣《しんけん》勝負と銘《めい》打って脚本《きゃくほん》アリの勝負をさせていた大詐欺《さぎ》師になってしまう。オーナーの立場を退いた後も、ずっとこれと同じ目を国民たちから向けられることになるだろう。

教え子の名誉《めいよ》のため、自分が泥《どろ》を被《かぶ》ろうと決意したジョーだったが、これにはさすがに怯《ひる》んだ。

しかし。

ジョーは隣に座るケルヴィンを見る。

自分の手がけた中で最高の選手であり、チャンピオンとして華々《はなばな》しい活躍《かつやく》をしたそのキャリアは、歴代の名選手と比べても遜色《そんしょく》ない『伝説』を築いてきた。『拳闘会』で選手としてコーチとして生きてきた人間として、この男の『伝説』を傷つけたくはない。

なにより、ジョーにとっては、スラムから連れてきてプライベートの面倒《めんどう》も見た息子《むすこ》に近い存在でもある。

ならばそうだ。一体、何を躊躇《ちゅうちょ》する必要があるというのだ。

「そのとおり――」

「待てよ」

決意したジョーの言葉を遮《さえぎ》ったのは、他ならぬケルヴィン本人だった。

「カッコつけすぎだぜコーチ」

「ケルヴィン……」

ケルヴィンは記者たちの方を向いて言う。

「おい、今から全部話してやるからちゃんとメモとっとけよ」

そして、ケルヴィンは何一つ隠《かく》すことなく事実を話した。

スラムから『闘技会』にやってきて試合を楽しんでいた時期のこと。当時のチャンピオンに勝って以来勝負にすらならないほど強くなってしまった時期のこと。そうして、強くなってしまったことで客が減りワザと負けたこと。それ以来、調子の波という名目でまともな勝負に見えるよう手加減をしていたこと。

そして、それらは全《すべ》て、ケルヴィンが自分で考えて自分で実行したことだということも……。

「――ってことだ。申し訳ねえことをしたとは思ってる。好きに捉《とら》えてくれ。俺は文句を言うつもりはない」

全てを話し終えたケルヴィンはそう言って席に着いた。

しばらく会場は静寂《せいじゃく》に包まれていたが……。

「ふざけるな!!」

一人の若い男の記者が声を上げた。顔の作りが濃《こ》く、体格は『拳闘士』にも負《ま》けず劣《おと》らずガッチリしており、その声はよく通った。

「アナタは我々ファンを欺《あざむ》いていたということだ。どう捉えてくれても構わないなどとそんな開き直った態度で許されると思っているのか!!」

若い男の記者の言葉に呼応するように、他の記者たちも声を上げる。

信じていたファンたちにどう説明するつもりだ!!

チケット代の返還《へんかん》を求める声が上がったら、当然応じるんだろうな!!

もう、『闘技会』で試合ができると思うなよ!!


その言葉たちはケルヴィンから見ても、ごもっともな意見であった。

正論過ぎてぐうの音も出ないなと正直に思う。

ケルヴィンはあえて平身低頭反省しました、というような態度を取らなかった。自分にできることは、満足いくまでヘイトをぶつけてもらうことである。まあ、自分がここまで憎《にく》まれ役《やく》を買えば、ジョーや『レッドリングス』への風当たりは少しはマシになるだろう。

その時だった。


「ちょ、ちょっと待ってください!! 今はケルヴィン選手の会見中で」

「オレはそのケルヴィンと先日試合をした関係者だ。一緒《いっしょ》に舞台《ぶたい》に上がって何がおかしいことがある?」


そう言って、ドアを開けて入ってきたのは身長2ｍを優に超える巨漢のオーク。

「ふむ。怪我《けが》の様子はどうだ？　ケルヴィンよ」

「ブロストン……」

突然《とつぜん》の登場に驚くケルヴィンに、ブロストンはゆっくりと近づくとギプスで固定された腕《うで》を手に取る。

「ふむ……悪くはない治療《ちりょう》だが、ベストではないな」

そう言ったブロストンの右手から青白い光が放たれ、ケルヴィンの腕を包み込んでいく。

「改良神性魔法『四式精密治療』」

「……!?」

ケルヴィンは目を見開いて、自分の腕を見た。

なんと完全に治っていた。本来、回復魔法は一定以上のレベルの体の損傷を完全に回復することはできず、自然回復可能な状態に戻《もど》し後は本人の自然治癒《ちゆ》能力に任せて時間をかけて治さなくてはならないはずである。

「……あんた、やっぱり規格外だな」

「元々オレは神性魔法が専門分野だからな」

ケルヴィンとそんなやり取りをするブロストンに、若い男の記者が質問を投げかける。

「ブロストン選手。この度《たび》のケルヴィン選手の問題。実際に戦った相手としてどう思っていますか？」

その質問は、ブロストンがどう思うかを聞いているというより、会場に満ちたケルヴィン許すまじの空気をさらに後押《あとお》しするためのものなのは明らかだった。

「む？　そうだな……」

ブロストンは顎に手を当てて会場を見渡《みわた》すと。

「……『恥《はじ》を知れ』と言いたいな」

そう言った。

その返答を聞いて若い男の記者は、待ってましたとばかりに身を乗り出して言う。

「なるほど!!　ブロストン選手から見ても許されるものではないと？」

しかし。

「何を言っている？　俺が恥を知れと言ったのはここに集まったお前たちに対してだ」

「なっ!?」

ブロストンは集まった記者たちを、その巨体《きょたい》から睥睨《へいげい》する。

「確かにケルヴィンのやっていたことは、真剣勝負と信じて見に来た人間を騙《だま》す行為《こうい》だ。

それは間違《まちが》いないし、そこに怒りを向けることは自然なことだ……」

　ブロストンの肺まで響《ひび》くほど低く、厳粛《げんしゅく》な声が会場を包み込む。

「だがな、なぜこの男がそうせざるをえなかったのか考えてみるがいい。この男は『闘技会』そのもののために、手加減をして『いい試合』をしてきたのだ。自分が圧倒的《あっとうてき》すぎるゆえに『闘技会』がエンターテイメントとしての面白《おもしろ》さを失くしてしまうことを憂《うれ》いてな。分かるか？　ここにいる『闘技会』のことを記事にして飯を食っているお前たちも含《ふく》めた『闘技会』に関《かか》わるもの全員が、ケルヴィンが『いい試合』をしたことで恩恵《おんけい》を得たのだ。そこのお前もケルヴィンの試合を記事にしたことはあるのだろう？　毎年の優勝予想が盛り上がって情報を知りたくて読者が貴様らの情報誌を買うのは、絶対王者が本当に絶対であると言い切れないパワーバランスだったからだ。違うか？」

「そ、それは……」

　言葉を詰まらせる若い記者。

「だが、先ほども言ったように、ケルヴィンの行いが見ている人間の気持ちを裏切ったことには変わりない。仮にそれが皆に恩恵をもたらしていたとしても、気持ちの問題はまた別だ。そこについては言《い》い逃《のが》れはできないし、この男はそれをするつもりはないようだ。オレはそれを好ましく思うが、貴様らはどうだ？」

若い男の記者はなおも食い下がろうとする。

「し、しかし。そうだとしても、今後ケルヴィン選手が試合をすることを認めることは難しいのではないでしょうか？　観客たちは試合を見ている間常に思うはずです、今度のケルヴィンは本気なのか手を抜いているのか？　そんな気分で試合を見たいと思うでしょうか？」

「ふむ。それは確かにお前の言う通りだ……ならば」

ブロストンはケルヴィンの方を向く。

そして、自分の大きな右拳をケルヴィンの目の前に突《つ》き出《だ》した。

「拳と拳を突き合《あ》わせることは、オーク種において特別な意味を持つ。ケルヴィン・ウルヴォルフよ。今、この場で、貴様とオレの拳に誓《ちか》って『今後一切試合で手は抜かない』とこの場で宣言しろ」

会場を静寂が包んだ。

普通の選手が同じことを言っても一笑《いっしょう》に付《ふ》されるだけだろう。

しかし、この男。ブロストン・アッシュオークに言われると、不思議とその右腕《みぎうで》を突き出した姿は様になっていた。

いわゆる雰囲気《ふんいき》があるというやつである。冠婚葬祭《かんこんそうさい》における教会や葬儀場《そうぎじょう》や宗教的な装飾品などと同じだ。そこで交《か》わされる本来意味も持たないはずの未来の繁栄《はんえい》を約束する祝言《しゅうげん》や、永遠の愛の誓いや、死者への手向《たむ》けの言葉が途端《とたん》に『本物』になるのである。

この男の立《た》ち振る舞《ま》いには、たった一人でそれに足る『格』が備わっていた。

「……ああ、誓うぜ。俺は『今後試合で一切手は抜かない』。この拳と最高の試合をしてくれたお前の拳に誓う」

そう言って、ケルヴィンはブロストンと拳を合わせた。

その姿に。

パチパチパチ。

と、会場のどこかから拍手《はくしゅ》が起こった。

拍手をしたのは、ニック。

『ヘラクトピア』きっての『闘技会』ファンとして知られており、その選手を見る目は特に有名である。今回の大会でもデビュー戦から注目度が低かったリック・グラディアートルを大会前から優勝候補に挙げており、実際にそのリックが決勝戦にコマを進めたことで、ますますその慧眼《けいがん》に対する周囲の評価は高まっていた。今回の会見でも一般人《いっぱんじん》として参加を許された数少ない人間の一人である。

その男が、『闘技会』のファンの代表のような人間が拍手を送ったのだ。

それはつまり、一般のファンはケルヴィンのことを認めたと、そういうことである。

そうであるなら、記者たちも認めざるを得ないだろう。

元々、ここにいるほとんどの人間はケルヴィンを一人の選手として以前に、王者になっても必要以上に傲慢《ごうまん》な態度を取らず、取材にも誠実に時間を作って応じてくれる人柄《ひとがら》そのものを好ましく思っているのだ。

会場は拍手に包まれた。

若い記者は歯噛《はが》みしていたが、大勢は決まったというところだろう。参ったという様子で拍手を送った。

ブロストンはそんな若い記者の方を見て言う。

「さあ、これからはお前たち記者も大変だぞ。各競技団体は今以上に打倒《だとう》ケルヴィン・ウルヴォルフに血眼《ちまなこ》になる。それをいかにエンターテイメントとして面白く読者に伝えるかは、貴様らの腕の見せ所と言ったところだろうからな。『ヘラクトピア』の記者は安易なゴシップに走ったりせず、競技そのものをしっかりと取材してクオリティの高い記事を書くと巷《ちまた》では評価されているらしいが……まさか、荷が重いとは言わんだろうな？」

ブロストンは挑発《ちょうはつ》するようにそう言った。

その言葉に若い記者は顔を紅潮させる。

いや、彼ばかりではない。その場にいた記者たちの胸に熱が湧《わ》き上《あ》がってきた。

そうである。こうしてケルヴィンが今後本気で戦うと決めた以上、それをどう伝えて『闘技会』を盛り上げていくかは、プロモーターや協議会だけの仕事でないのだ。むしろ、一般市民に情報を伝える記者たちの力こそ大きい。

ブロストンの言葉はその使命ややりがいというものを集まった記者たちに思い出させた。

ケルヴィンは、試合の時と比べても遜色ないほどの拍手と熱量に包まれた会場の様子を見回して、呆《あき》れたようにため息をついて言う。

「アンタ、マジで何者だよ。全部計算ずくか」

ブロストンはケルヴィンや『レッドリングス』を厳しい追及《ついきゅう》や批判から救っただけではなく、『闘技会』に新たなエンターテイメント性をもたらして見せたのである。

そう、『本気のケルヴィンを「闘技会」の誰が倒せるか？』というエンターテイメント性である。

ケルヴィンはややヒール役に近い『いずれ倒されるべき存在』になったものの、これでケルヴィンの圧倒的な強さが、初めから明確に組み込まれた楽しみ方になったのだ。これでケルヴィンが心配していた『闘技会』全体の人気低迷《ていめい》もそうすぐには起きないだろう。

「さて、何のことだろうな。オレは共に素晴らしい戦いを演じた相手の怪我の様子を見に来ただけだが？」

そう言ったブロストンに、ケルヴィンは「そうかい、そうかい」と笑った。

「ありがとよ。決勝戦楽しみにしてるぜ」

「ああ、オレも楽しみにしているのだが……どうだろうな」

「ん？　なんか問題でもあんのか？」

ケルヴィンは首を捻《ひね》った。

「まあ、リックのやつのなかなか治らん悪い癖《くせ》というかな」

□□□

同時刻。

今大会ベスト4の『天才』ギース・リザレクトを弟に持つ、竜人族《りゅうじん》のスネイプ・リザレクトは少々困ったことになっていた。

「リック選手、決勝戦の辞退、どうにか考え直してもらえないでしょうか？」

「お断りします!!!!!」

リックは寝泊《ねと》まりしている宿の食堂で腕を組んで椅子に座り、堂々とそう言い放った。

スネイプはどうしたものかと頭を抱《かか》えた。スネイプは拳闘士協会の役員であると同時に、今回の『拳王トーナメント』の運営責任者でもある。目論《もくろ》んでいたギースを使った金策が失敗し財産の大半を失ったが、『闘技会』にかかわるものの一人として、仕事は最後までこなすつもりであった。

しかし、そう考えていたところに決勝進出者のリック・グラディアートルから、決勝戦の辞退を申し出てきたのである。

「別に試合を辞退してはいけないって決まりはないですよね？」

「いや、確かにそうなのですが……」

なにせ、今まで決勝を辞退しようとした選手などいない。怪我をしていようが熱があろうが全員が憧《あこが》れの『拳王トーナメント』決勝の舞台に意地でも上がってきたのである。

「辞退の理由を聞かせてもらっても、よろしいですか？」

このリックという選手はそういう『闘技会』の人間たちが抱《いだ》く憧れを理解できない人間ではないはずである。それほど長く付き合いがあるわけではないが、本来なら決勝を辞退するようなことはしないはずの人間であることを、スネイプ自身が十分に感じ取っていた。

それが、ここまで頑《かたく》なに出場を拒否《きょひ》するというのだ、何か止《や》むに止まれぬ事情があるに違いない。

スネイプの問いにリックは、ふう、と一つため息をついた。

「理由なんて決まってるじゃないですか」

やれやれ、何を当たり前のことを言っているんだい、と名探偵《めいたんてい》が質問をしてきた助手にとるような態度だった。

「いいですか、ブロストンさんと戦うということはですよ……」

「はい」

スネイプは身を乗り出してリックの言葉に耳を傾《かたむ》ける。もし、こちらで解消できるような理由ならばできる限りの対処はしよう。


「ブロストンさんと戦うってことなんですよ!!!!!!!!!!!!!!!!!!」

なるほど、サッパリ意味が分からない。

（あ、白目を剝《む》いてガタガタ震《ふる》えだしましたねリック選手……）

ブロストンと戦うところを想像してしまったのだろうか。

それにしても、確かにブロストンの強さの凄《すさ》まじさはスネイプも分かるのだが、リックも負けず劣らず強いことを、先日の弟との試合を見てよく分かっている。ここまで恐《おそ》れることもないように思うのだが。

「あの、アンジェリカさん。一体どうしたんでしょうか、リック選手は」

スネイプは困り果てて、近くの席に座り朝食を食べているアンジェリカ・ディルムットに尋《たず》ねた。

アンジェリカはいつも通り、騎士団《きしだん》の服を着ている。利《き》き手にはまだ包帯が巻かれているので、自由に使える左手で少々食べにくそうにグリルチキンを口に運んでいた。向かい側には見目麗《うるわ》しいダークエルフのメイド、リーネットが座り、静かに紅茶を飲んでいた。

「ああ、あのオークはリックの師匠《ししょう》らしいですわよ」

自然な調子でスネイプの質問に答えるアンジェリカ。この二人は、少々厄介《やっかい》な関係だったのだが、昨日の試合でそれがなくなり、普通《ふつう》に会話ができるようになったようである。

「ああ、それでですか。まあ、確かにブロストン選手の強さを修業時代から間近で見ていたら、戦いたくなくなる気持ちは分かりますが」

それにしても、ビビり過ぎではないだろうか？

スネイプがそんなことを思っていると、今度はリーネットが口を開いた。

「リック様は『オリハルコン・フィスト』の修業時代、ブロストン様から『少々』過酷《かこく》なトレーニングを課されていたので、それがトラウマになっているんだと思います」

なるほど。とスネイプは頷いた。

確かに、白目を剝いて震えているリックの口から
「捕獲《ほかく》液寒中水泳、朝のジョギング２０００km、１tスクワット……死んじゃう……」

などと、なにやら恐ろしい名前のトレーニングメニューの数々がブツブツと漏《も》れ出していた。少々とはいったい……。

だが、何があったかはスネイプにもなんとなく想像がついた。

「……宙吊《ちゅうづ》り……崖《がけ》落とし……火炙《ひあぶ》り耐久《たいきゅう》……煉獄《れんごく》車輪引き……」

途中《とちゅう》からトレーニングメニューというより処刑《しょけい》方法みたいな名前になっている気がするが、きっと気のせいである。

スネイプはハアと一つため息をついて言う。

「まあ、とにかく準備の方はさせていただきますよ。『闘技会』のほうもハイそうですかと引き下がるわけにはいきませんよ。その舞台に立ちたい人は沢山《たくさん》いるんですから。彼ら

の無念を考えると決勝戦を棄権《きけん》などさせられません」

「うっ、それを言われるとなあ。うむ、いや、それでも……」

相当に戦いたくないという気持ちは強いらしく、首を縦には振らないリック。

その姿を見て、アンジェリカは少々呆れたような声で呟《つぶや》く。

「それにしても……リックのやつホントにビビってますのね」

その呟きに向かいの席に座るリーネットが言う。

「そうですね。ブロストン様のトレーニングは、私の目から見てもかなりのものでしたから」

「アナタの目から見てもですの？」

アンジェリカは目を見開いて驚く。

目の前のダークエルフのメイドが、かなりの実力者であることはアンジェリカも知っている。あの、凄まじい身体操作の技術は生半可なことでは身に付くものではないはずだ。

その実力者が「かなりのもの」と言うほどのトレーニングである。

アンジェリカはリックに一度修業をつけてもらったことはある。しかし、それですらリックが実際にやってきたものに比べたら、ずいぶんと易《やさ》しいものだったと言うではないか。

あのリックをここまで震え上がらせ、あの尋常《じんじょう》でない強さを身につけさせたブロストンのトレーニングとはいったいどれほどのものだというのだろうか？

「気になりますわね……」

と、アンジェリカは呟いた。

□□□

「あーまったく、スネイプのやつ断りにくいやり方しやがって」

リックはヘラクトピアの町はずれの道を歩きながら、ため息をついてそう言った。

隣を歩くリーネットが言う。

「私はアンジェリカ様と食事をとっていたので聞いていませんでしたが、何か言われたのですか？」

「ああ、それがな」

先ほどの決勝戦に出る出ないの話し合いで、徹底的《てっていてき》に断り続けたリックに対して、スネイプは。

『そこまで言うなら分かりました。ですが、こちらとしてもアナタが試合をしてくれるとギリギリまで信じて、試合の準備は予定通りさせていただきます。もし、行く気になったのなら時間までに選手控室《ひかえしつ》にいらしてください。まあ、我々に強制的に試合をさせる権限などありませんが、少なくとも、決勝戦を楽しみに闘技場に集まった観客たちの気持ちを考えるとしのびないですねえ』


などと言ってきたのだ。

やはり協議会の内部で出世してきた政治力を持っているスナイプはこの辺り老獪《ろうかい》である。

リックがお人好《ひとよ》しなことは、アンジェリカの件で十分に知っている。こういう言い方をすれば断りにくいだろうと分かっているのだ。

実際、リックは試合をしたほうがいいのではないかと微妙《びみょう》に心が揺《ゆ》れ動《うご》いていた。

「あれ？　そう言えば一緒に朝飯食べてたアンジェリカはどこ行ったんだ？」

リックはふと思い立ってリーネットにそう聞いた。

すると。リーネットは何ということもないようにサラッとこう言った。

「アンジェリカ様なら、ブロストン様のところに修業《しゅぎょう》をつけてもらいに行きましたよ」

「へえ、そうかあ。ブロストンさんになあ」

さすがはアンジェリカ。今より強くなるために遠慮《えんりょ》することなく強い人間に指導を仰《あお》ぎに行く姿勢は素晴《すば》らしいものである。こういう人間が、いずれ大多数から頭抜《ずぬ》けて強くなっていくので……。

「ん？」

ちょっと待て、今何か聞き捨てならないことを聞いた気がする。

「すまん、リーネット。さっき言ったこと、もう一度言ってくれるか？」

「はい。『アンジェリカ様なら、ブロストン様のところに修業をつけてもらいに行きましたよ』」


「正気か!!　アイツ!!」


リックは頭を抱えた。

「なんで止めなかったんだよリーネット!!」

「アンジェリカ様は強くなりたいとおっしゃっていたので、ブロストン様の指導を受けるのは間違っていないと思ったからです」

「間違ってないけど、大いに間違ってるわ⁉」

リーネットは小首を傾《かし》げる。

「言葉遊びですか？」

「違《ちが》う‼　お前も知ってるだろ。ブロストンさんに鍛《きた》えられるってのがどういうことか‼」

こうしてはいられない、今すぐあのおてんば娘《むすめ》を説得して早まった行動を止めなくては。

と、アンジェリカを探しに行こうとしたその時。

「よお、スーパールーキー。なにやら急いでるみたいだけど、ちょっと聞きたいことがあるんでな。付き合ってくれや」

近くの木の陰《かげ》から意外な人物が現れる。

「アンタは……」

ケルヴィン・ウルヴォルフだった。今朝準決勝で本気を見せてしまったことに対する追及を受けていたはずだが、無事に会見を終えたということだろう。

「おう。オールド・ルーキー。アンタと話すのは『レッドリングス』の本部にいきなり「ベルトよこせ」って乗り込んできた時以来だったか？」

それを言ったのはブロストンなのだが、今はそれどころではない。

「悪いがケルヴィン。今はちょっと急いでいてな」

そう言って、通《とお》り抜けようとするリックの前に立ちふさがるケルヴィン。

「まあ、そう言うな、一つ聞きたいことがあるだけだからよ」

聞きたいこと？　とリックは眉《まゆ》をひそめる。

「いや、なんてことはねえんだけどよ。どうも、お前がブロストンのやつとの決勝戦を棄権しようとしてるって聞いたからよ。ホントかどうか気になったのさ」

「なんだそのことか」

リックはため息をついた。仕方のないこととは分かってはいるが何度も同じことを言うのは疲《つか》れるものである。

「ああ、その通りだよ。俺《おれ》は決勝戦を棄権する」

「へえ。なるほどね……」

リックの言葉に、ケルヴィンは口に手を当てて何やら考える。

「もういいか？　じゃあ」

「……よし、決めた」

「何を……ってうお⁉」

リックはとっさに上半身をのけ反らせた。

そして、さっきまでリックの上体があったところを、ケルヴィンの鋭《するど》い蹴《け》りが通過する。

リックはすぐさまその場から飛びのき、ケルヴィンと距離《きょり》を取った。

「いきなり、何しやがる!!」

「いやなに、お前にやる気がないならお前を倒《たお》して、代わりに俺が決勝に出てやろうと思ってな。ブロストンのやつとはもう一度やってみたいと思ってたんだよ」

「無茶苦茶《むちゃくちゃ》言うな!!　俺を倒したところで敗者復活できるわけじゃないだろ!!」

リックが当たり前すぎる正論を言うが、ケルヴィンは聞く耳持たないという様子で、ニヤリと笑い。

「おらよ!!」

リックとの間にあった、５ｍの距離をたった一歩で詰《つ》めて拳《こぶし》を放ってきた。

「くそっ」

リックは並みの『拳闘士』なら一撃《いちげき》で何も分からないままノックアウトされるであろう

神速の踏《ふ》み込みからの拳を、首を軽く動かして躱《かわ》しながら思考を切り替えた。

ケルヴィンのやつは、何を思ったのか本当にリックを倒しに来ているようだ。

ちなみにリーネットは「余計な手出しは無用でしょう」と言わんばかりにいつの間にか道の隅《すみ》に移動していた。

「……ちっ、やるしかないか」

□□□

リックは足を肩幅《かたはば》に広げて構えを取った。

その瞬間《しゅんかん》、ケルヴィンの表情から余裕《よゆう》が消えた。

「はっ、昨日の試合見たから分かっちゃいたがよ。その普段《ふだん》との雰囲気の差は詐欺だろ」

そう言ってケルヴィンも足を肩幅に広げて構える。

奇《く》しくもリックと同じ構えであった。と言っても、この構えは非常に基本的なもので、十人いれば八人は同じ構えを取るのだが。

しかし、それゆえに分かる人間にはその構えを見ただけで相手の実力のほどが窺《うかが》えてしまう。

（ああ、うん。努力してきたギースってのがホントしっくりくるな）

天性の俊敏《しゅんびん》で柔軟《じゅうなん》な肉体とその肉体に搭載《とうさい》された洗練された技術。それらが、ケルヴィンの立ち姿からひしひしと伝わってくるのである。

ケルヴィンの右足が動いた。

（……来る!!）

「強化魔法《まほう》『瞬脚《しゅんきゃく》』!!」

足の筋肉を魔力《まりょく》によって強制的に収縮させ高速移動を可能にする強化魔法を発動。ケルヴィンの体がしなやかなバネを活《い》かして地面を蹴り加速する。

その速度、先ほどの踏み込みよりもさらに速い。地龍《ちりゅう》化したギースの最高加速を上回っていた。

しかし、リックはそのギースを準決勝で軽々と叩《たた》きのめしてみせた男である。

しっかりとその動きを捉え、迎撃《げいげき》のために拳を振《ふ》りかぶる。

が、しかし。

「ふっ」

驚《おどろ》くことにケルヴィンはそのスピードを維持《いじ》したまま、リックの目前で方向転換《てんかん》してきたのである。

アンジェリカがいたら悔《くや》しそうにするだろう。これほどのスピードの『瞬脚』を維持したまま、滑《なめ》らかな方向転換を可能にするというのは単純な身体能力だけでなく技術としても超一流《ちょういちりゅう》。

『瞬脚』の技術に限定しても、『闘技会《とうぎ》』において頭一つ抜《ぬ》けた技量をもつアンジェリカよりも上なのだ。

ケルヴィンは速度を殺さず、滑らかなカーブを描《えが》いてリックの背後に回り込むと、道端《みちばた》に落ちている石を一つリックの顔面に向けて蹴り上げる。

弾丸《だんがん》のようなスピードで飛んできたその石を、リックは素早《すばや》く振り向《む》きながら右手で弾《はじ》いた。

バキィと鈍《にぶ》い音がして、リックに払《はら》われた石が空中で粉々に砕《くだ》ける。

しかし、その間にケルヴィンはリックの懐《ふところ》に飛び込んでいた。

「『ファントム・コンビネーション』」

空振《からぶ》りの打撃《だげき》と実際に当てる打撃を組み合わせたコンビネーションで相手を幻惑《げんわく》する、ケルヴィン十八番の技である。

肘《ひじ》打ち、ローキック、膝蹴《ひざげ》り、ストレート、フック、ジャブ、アッパー、回《まわ》し蹴《げ》り。様々な打撃が凄まじい回転数でリックに襲《おそ》いかかる。その半分以上は型のみの空振りだが、その分速さを最大限まで上昇《じょうしょう》させているため、あまりのコンビネーションの回転数の速さに十発以上の打撃が同時に襲いかかってくるように見える。さらに、その中にはもう一つのケルヴィンの得意技《とくいわざ》、命中の瞬間に腕を捻ることで、防御《ぼうぎょ》を弾き飛《と》ばし衝撃《しょうげき》を敵の体の中に捻じりこむ『ロールファング』が混じっているのだから、相手はどうしたらいいのか分からぬ間に連撃を受けざるをえない。

しかし、その直後。リックは驚愕《きょうがく》の方法で『ファントム・コンビネーション』に対する対策を見せた。

「よっと」

と、一言呟くと。リックは偽物《にせもの》も含めた十発の打撃を全て最小限の動きで躱してみせたのである。

ケルヴィンが驚きと呆れの混じった表情を見せる。

『ファントム・コンビネーション』がこんな方法で防がれたのは初めてである。あのブロストンのように本物を一瞬《いっしゅん》で見抜《みぬ》いて弾くのも大したものだが、まさか当然のように偽物ごと全部反応されて躱されるとは思ってもみなかったのだ。

確かに、全部躱せるのならどれが本物だとか防御を弾き飛ばす打撃が混じっているとか、そんなことは関係なくなるのだが、それが普通はできないから判断を迫《せま》られるはずなのである。

ケルヴィンは再度、今度は先ほどよりも速度を上げて『ファントム・コンビネーション』を撃《う》とうとしたが。

「おっと、あぶねえ」

突然それを中止して、後ろに飛び跳《は》ねた。

リックの方を見ると、右足を振りかぶった状態でその場に止まり感心したような表情を見せていた。

「『未来嗅覚《きゅうかく》』か。実際やってみると、厄介だな」

ケルヴィンはリックが蹴りのために足を振りかぶる前から飛びのいたのである。

『未来嗅覚』は敵の攻撃《こうげき》の意思の起こりを、皮膚《ひふ》から発生する化学物質の匂《にお》いの微細《びさい》な変化を嗅《か》ぎ取《と》って察知するケルヴィンの特殊《とくしゅ》技能である。

ケルヴィンはニヤリと笑いながら言う。

「おう。俺は回避《かいひ》に徹《てっ》すれば攻撃をくらうことはまずねえぞ。さあ、どうする?」

「……」

リックはしばし沈黙《ちんもく》していたが、やがて「うん」と一言言って拳を握《にぎ》った。

「よし、普通に行こう」

「ん？」

どういうことだ？　とケルヴィンが眉をひそめた次の瞬間。

ケルヴィンの嗅覚が攻撃を察知。素早くその場から離《はな》れた。

次の瞬間、先ほどまでケルヴィンのいた場所に、鋭く風を切る音と共にリックの蹴りが通過した。

（うお、はええ⁉）

先ほどまでも十分に速かったが、今のはさらに速い。嗅覚で事前に予知していなければ、確実に当たっていたし、あの鋭い風切り音を考えると威力《いりょく》自体も相当なもののはずである。

さらに。

「しっ‼」

素早い踏み込みと共に、今度はリックの右拳が放たれる。

当然これも事前に攻撃を察知してスウェーバックで躱すが、僅《わず》かだが鼻先を拳が掠《かす》めた。

リックは止まらない、今度は左の拳を振りかぶる。

（マジかよコイツ⁉）

かなりの高威力の打撃を空振りした後だというのに、体勢を立て直して再び攻撃するまでの時間があまりにも短い。

これが効率よく連打を繰《く》り出すために構築されたコンビネーションならまだ分かるのだが、リックの場合は本当に単純な一発一発の蹴りや突きに過ぎないのである。それなのに攻撃の回転速度が、ただ身を躱しただけのケルヴィンが体勢を立て直すスピードを上回っているのだ。

(なるほどな……『未来嗅覚』の攻略法《こうりゃくほう》も『ファントム・コンビネーション』の時と同じってことか)

要はゴリ押《お》しである。

攻撃を読まれても、躱せないほどの圧倒的なスピードとパワーで攻《せ》め続ければいいという作戦にもならないような作戦だった。

戦闘《せんとう》における四大基礎《きそ》は『体力』『身体操作』『魔力操作』『魔力量』の四つが存在すると言われているが、リックは『魔力量』以外のその基礎能力がとにかく高い。センスのある動きとは思わないがとにかく洗練され鍛え上げられている。ケルヴィンも基礎についてはみっちりとやってきたつもりだったが、自分はかなり甘《あま》かったと言わざるを得ない。

なるほど、とケルヴィンは納得《なっとく》する。

リック・グラディアートルは『基礎能力の怪物《かいぶつ》』だ。

特に『体力』に関しては、完全に常軌《じょうき》を逸《いっ》している。

ケルヴィンは自分自身が才能を持つものだからこそ分かる。あれは才能だけでは足元を掠めることすらできない領域である。どんなトレーニングをしてきたのかは知らないが、間違いなく狂気《きょうき》によってのみ手に入れることのできる力だ。

その狂気がケルヴィンに襲いかかる。

次々に繰り出される『単純な単発の攻撃』を、ケルヴィンは『未来嗅覚』を用いて何とか躱していくが……。

(どういう、スタミナしてやがるコイツ⁉)

何度躱してもリックの攻撃の速さが衰《おとろ》えることはなかった、それどころか段々速度が上がっているようにすら見える。

これでは、攻撃をよけているだけの自分の方が先に体力が尽《つ》きてしまう。

ケルヴィンはいつの間にか壁《かべ》を背にしていた。暴風雨のような攻撃を何とか躱しているうちに知らない間に追い込まれていたのである。

ここは一度横に大きく飛んで距離を取るしかない。

そう思ったケルヴィンが足に力を込めた瞬間。

リックの体が、これまでの最高速で懐に飛び込んできた。

しまった……とケルヴィンは一瞬で自らの失策を悟《さと》る。

後方に一度大きく飛ぶということは、当然ながら地面を強く蹴るために深く沈《しず》み込むということである。その時間を狙《ねら》われた。

回避は間に合わないと考えたケルヴィンは、両腕《りょううで》をクロスさせてガードを固める。

必中のタイミングでリックの右拳が放たれた。

バキイイイイイイイイイイイイイイイイイイイイイイイ!!

という凄まじい轟音《ごうおん》が周囲に響《ひび》き渡《わた》る。


……が、しかし。


「……おいおい、どういうことだよ。オールドルーキー」

ケルヴィンはガードを解いてリックの方を見る。

リックの拳は、ケルヴィンの背後にある壁に突き刺《さ》さっていた。

リックが拳を外した？　否《いな》である。間違《まちが》いなく拳の軌道《きどう》はケルヴィンの顔面を捉《とら》えていた。ならば話は単純で、リックが途中で軌道を変えてワザと逸《そ》らしたということである。

しかし、リックはむしろ当然のように答える。

「だって、お前本気じゃないだろ？　『未来嗅覚』を使えてるってことは俺を倒す気なんかないじゃねえか」

「……なんだ、気づいてたのかよ」

ケルヴィンの『未来嗅覚』は、自らが一定以上本気で敵を攻撃しようとしてしまうと、自らの体から発生した化学物質と相手の化学物質のニオイが混じり、使用不能になってしまうのである。

リックはブロストンとの試合を見て、そのことを見抜いていた。

「それに『ファントム・コンビネーション』を使ってきたのもな、アンタはブロストンさんとの試合の最後で『ファントム・コンビネーション』と同じ速度で全《すべ》て本物の打撃を放って、しかも『ロールファング』の捻りを加えるってふざけた技をやってみせたじゃねえか、それにお得意の無詠唱《えいしょう》第七界綴魔法《かいていまほう》も使ってこない。これで本気で俺を倒しにきてるって思うほうが無理だと思うぞ」

「はは、まあそれもそうなんだが、その二つが使えるほど体が回復しちゃいねえのさ。腕《うで》の方はブロストンに治してもらったんだが、特に魔力の方は全然本調子とは言い難てえからな」

ケルヴィンはそう言うと少し黙《だま》った。

そんなケルヴィンにリックが聞く。

「それで……倒す気もないのに勝負仕掛《しか》けてきたのは何でだ？」

そう言ったリックに対して、ケルヴィンは口を開いてこう言った。

「分からねえな……」

「分からない？」

眉をひそめるリック。

「それだけつええなら、ブロストンと戦うのをビビることねえじゃねえか」

「そうは言ってもな……戦ったお前なら分かるだろ。ブロストンさんの桁外《けたはず》れの強さが」

「そうだとしてもだ」

ケルヴィンは強い口調でそう言うと、リックを指さす。

「目の前につええやつがいて」

続いて、自らの顔の前で拳を握る。

「自分に、そいつに勝てないまでも、勝負になるだけの力がある」

そして、その拳をリックの前に突《つ》き出《だ》す。

「だったら戦うだろ。戦って勝ちてえと思うのが男ってもんだろ。だから、俺にはさっぱり分からねえんだよ」

そう言ったケルヴィンの目はギラギラと熱い輝《かがや》きを放っていた。ブロストンとの試合で『闘技会』の『拳王』としての役割を脱《ぬ》ぎ捨《す》てた、一人の喧嘩《けんか》好きの少年としての輝きだった。

その、真っすぐな情熱を目《ま》の当《あ》たりにしたからだろうか。

「……はあ、そうだな」

リックは一つため息をつくと素直《すなお》な胸のうちを語りだした。

「なんつーかさ、俺は別にお前みたいに戦いが好きだから強くなったわけじゃないんだよ。俺は叶《かな》えたい夢があって、そのために強くなる必要があったから強くなったんだ。だから、わざわざブロストンさんと戦う理由が無い」

「へえ、ちなみにその夢ってのは？」

「伝説の隠《かく》しボス『カイザー・アルサピエト』の攻略《こうりゃく》」

「ははは、そりゃまたとんでもねえな。なるほど、強くなんなきゃならねえわけだ」

ケルヴィンは馬鹿《ばか》にしたような様子は一切《いっさい》なく、大したもんだというように笑う。

「まあ、お前の事情は分かったよ。そういう事ならホントに戦う理由がねえし、しょうがねえかもしれねえなあ。ただ……」

と、一つ言葉を区切った。

そして、どこか遠くを眺《なが》めながらケルヴィンは言う。

「でもよ、俺としてはブロストンの気持ちも考えてやってくれると嬉《うれ》しいかな、俺もアイツの気持ちは分かるからよ……」

「ブロストンさんの気持ち？」

と、そんなやり取りをしているうちに、リックは大事なことを思い出した。

「って、そうだ!! アンジェリカ!! こうしちゃいられねえ」

そう言い残して、リックはその場を去って行った。

□□□

「はっ、ブロストンさんの強さ……ねえ」

リックが去った後、ケルヴィンはそう呟いた。

そして、自分の背後を見る。

「……お前も大概《たいがい》だと思うけどな」

その背後にあった石積みの壁に、半径5mの巨大《きょだい》なクレーターができていた。

ケルヴィンからワザと外したリックの拳が命中した壁である。

この壁はできてから相当時間がたってはいるが、元々有事の際の民間人の避難先《ひなんさき》として考えられていた建物を囲う壁であり、魔力で強度を補強されたレンガを何層にも積み上げて出来ている。さすがにケルヴィンでも魔法も何もないパンチ一発でこんな芸当は不可能だった。

「ははは、世の中つええやつが多くて楽しいぜ」

ケルヴィンは俄然《がぜん》興味がわいた。

あのブロストンと、その弟子《でし》であり同じ化け物じみた力を持つリックの戦い。一人の『拳闘士《けんとうし》』としてどちらが勝つか。是非《ぜひ》ともこの目で観戦したいと思った。

第二話　リックはやったぞ?

アンジェリカは六番地区にある闘技団体『ホワイト・カプス』の本部にやってきた。

「ブロストン・アッシュオーク選手はどこですの?」

本部の中に入って開口一番、アンジェリカは大きな声でそう言った。

「ああん?　なんだ姉ちゃん」

『ホワイト・カプス』の『拳闘士』の一人、スキンヘッドの男、ゴルドがアンジェリカを睨《にら》みつけながら詰め寄《よ》る。

「って、今大会ベスト8のアンジェリカじゃねえか。まあ、教えてやらないこともねえけどよ。人にものを聞くときの態度ってものが」

「これくらいで足りるかしら?」

ジャラリ、と。

アンジェリカはポケットから金貨を数枚、価値にして五万ルクほど出してみせた。

「お、おう。分かってるじゃねえか（震え声《ごえ》）」

思わぬ額のチップに貧乏《びんぼう》ファイターのゴルドは、手をプルプルとさせながらいそいそとアンジェリカから渡された金貨をポケットにしまい込む。

この辺りの経済力はさすがは公爵《こうしやく》家の娘と言ったところである。

「い、いやあ、さっきは睨んだりしてすまねえな。お、お詫《わ》びに靴《くつ》でも磨《みが》きますかマドモワゼル？」

地面に頭がつくのではないかと言わんばかりに平身低頭してそう言ってくるゴルド。

「いらないですわ。さっさとブロストンのところに案内しなさい」

「ああ、ブロストンの兄貴なら奥《おく》の医務室のほうにいるぜ」

「感謝するわ」

アンジェリカはツカツカと他《ほか》のモノには目もくれずに、トレーニング場の奥にある医務室に向かった。

ややガラスにヒビの入った貧乏競技団体らしいと言えばらしい扉《とびら》の前に立つと、奥から声が聞こえてくる。

声は二種類。

——そうか、決心はついたか……では脱げ、ミリエラよ。

肺まで響くような低い声。これはブロストンのモノだろう。

——ええ、分かったわ。

もう一人は若い女の声である。かなり緊張《きんちょう》しているのか声が強張《こわば》っている。
どうやら、中にはブロストンと若い女がいるようである。
(……って、これどういう状況《じょうきょう》ですの⁉)
アンジェリカはドアに耳を当てて聞き耳を立てる。

——ミリエラよ力を抜くがいい。
——ええ、お願い。痛くてもワタシは平気だから。
——では……いくぞ。
——あっ……。

(ちょ、ちょっとおおおおおおお!!)

アンジェリカは心の中で絶叫《ぜっきょう》する。

部屋の中にはオークと若い女が二人きり。そして、この会話の感じからすると中で行われているのはすなわちアレだろう。アンジェリカ自身は生娘《きむすめ》だが、それくらいは想像がつく。

それにしたって、である。騎士団《きしだん》に所属しているからと言って別に生真面目《きまじめ》なわけでもないが、さすがに闘技団体の医務室で行為《こうい》に及《およ》ぶとはいったいどんな神経をしているのか。しかも、男側はあの２３０㎝を超《こ》える巨漢《きょかん》のブロストンである。絵面的にすさまじいことになっているに違いない。

アンジェリカは正直自分には理解できない世界だと思った。

「……で、でも、もうちょっとだけ事実確認《かくにん》を」

そう言って、再びドアに耳をつけて中の様子を聞き取ろうとするアンジェリカ。騎士団に所属する自立した少女だがまだ十七歳《さい》、色々と気になるお年頃《としごろ》である。

しかし、その時。

「それで、外のお前はいつ中に入ってくるつもりだ？」

ガラガラと医務室の扉が中から開いた。

「……あっ」

顔を上げると、そこにはブロストンの鋭くも知性的な目が、膝《ひざ》をついて顔を赤くしてドアに耳を押しやった間抜《まぬ》けな姿勢のまま固まっているムッツリスケベ娘《アンジェリカ》を見下ろしていた。

□□□

「そういうことでしたのね……」

医務室の中に入ったアンジェリカはブロストンに事情を説明されてため息をついた。

どうやらブロストンは治療《ちりょう》を行っていたらしい。

ベッドの上には、治療途中《ちりょうとちゅう》だったのだろう。上着を脱いで肌《はだ》をさらしているアンジェリカより少し年上のダークエルフが座《すわ》っていた。名前はミリエラと言うらしい。

アンジェリカはあずかり知らぬところであるが、二日前に彼女《かのじょ》の祖父が試合を辞退させるために放った国際犯罪組織『ブラック・カース』の刺客《しかく》の一人である。ブロストンに返《かえ》り討《う》ちに合い、組織を抜けるならオレを頼《たよ》りに来いと言われたという事情があった。

ブロストンはミリエラの背中に手を当ててそこになにやら治療用の魔力のようなものを

籠《こ》めていたが、やがてその魔力が収まる。

「……よし、これで徐々《じょじょ》に消えていくだろう。特殊《とくしゅ》な刺繍《ししゅう》で少し跡は残るかもしれんが、パッと見ではほとんど判別できなくなるはずだ」

「そう……感謝するわ」

「気にするな。これはオレの個人的な感傷だからな」

そう言いながら、ブロストンはミリエラの体から手をどかした。

その時。

アンジェリカはブロストンが手をあてていた部分のミリエラの褐色《かっしょく》の肌に浮《う》かび上《あ》がった蛇《へび》の模様と「№22」という数字を見て声を上げる。

「『ブラック・カース』の識別証!! しかも22番ですって!?」

30番以上は戦闘能力順に番号付けされる。構成員2000人を超えると言われる『ブラック・カース』において、かなりの上級団員である。

「……私なんて、一桁《アビスナンバーズ》の魔人《まじん》たちに比べたら大したことはないわよ」

ミリエラは少し悔しそうな声でそう言った。

ブロストンがアンジェリカに言う。

「ああ、そういえばお前は騎士団員だったな。すまんがここで見たものは忘れてくれると助かる」

「ええ、まあそれは構わないですわ」

そもそもアンジェリカは今休職中であるし、ここは海外である。いくら相手が国際指名手配犯でも、騎士団としての権限を行使することはできないし、個人的な私怨《しえん》があるなら別だが、ワザワザ犯罪から足を洗うことにした人間を職務以外で追《お》い詰めて捕《つか》まえようとするほど正義感に溢《あふ》れているタイプでもない。

「ところで……アナタはブロストンのなんなの？」

ミリエラがアンジェリカの方を睨んでそんなことを言ってくる。

「なにと言われても。まあ、弟子の弟子？　みたいな感じですわね」

「そう……それならいいわ」

そう言って顔をそむけるミリエラ。微妙《びみょう》に敵意のようなものを感じたのだが、気のせいだろうか？

「それで、アンジェリカよ。なにか、用事があって来たのだろう？」

「ええ、そうですわ」

ブロストンに促《うなが》されてアンジェリカは言う。

「ワタクシにリックにやったのと同じ修業《しゅぎょう》をつけていただきたいですわ。報酬《ほうしゅう》は言い値でお支払《しはら》いいたします」

□□□

強くなるためには、遠慮《えんりょ》や躊躇《ちゅうちょ》などしている暇《ひま》は無い。

アンジェリカ・ディルムットは常日頃《つねひごろ》からそう思っているし、『拳王トーナメント』での敗戦を経て、よりその思想は強固なモノになった。

正直なところ、自分はかなり努力して強くなった人間だと思っていた。女の身で若くして二等騎士《きし》に上《のぼ》り詰め、実働部隊でも数々の活躍《かつやく》を見せ、『拳闘士』になってからもトントン拍子《びょうし》に一部リーグまで上り詰めた。

しかし、その驕《おご》りは準々決勝で完膚《かんぷ》なきまでに踏みつぶされた。

『天才』ギース・リザレクトの圧倒的《あっとうてき》な素質の暴力によって、一切体を鍛えていないただの素人《しろうと》に全く手も足も出せなかったことでアンジェリカは努力に意味はないと思わされてしまった。

しかし。

『お前に、その先を見せてやる』

あの男は、リック・グラディアートルはそう言った。

そして、圧倒的に鍛《きた》え上げた基礎能力でギースを赤子のようにあしらったのである。

しかも驚くことに、リックは間違いなくアンジェリカよりも戦闘の才に恵《めぐ》まれていないのだ。

これは冷静になって考えてみればわかる。

四大基礎で言えば、まず何よりも『魔力量』に悲惨《ひさん》なほど恵まれていない。

身体強化しか出来ず『強化魔法』を使うことができないほど少ないのである。これはもちろん、リックが三十歳まで魔力を鍛えていなかったことにも起因するが、そうだとしてもそもそもの生まれつきの『魔力量』が平均を大きく下回っていると言わざるを得ない。

魔力を全く鍛えていない人間でも『瞬脚《しゅんきゃく》』を数回打つくらいの魔力は持っているものだ。

リックの生来の『魔力量』は平均の三分の一ほどということである。

さらに、『体力』についても事務員時代は身体能力的には普通《ふつう》の三十歳であったという。

そして『身体操作』についてだが……これに関してはアンジェリカの同じ近接戦主体の戦い方をする者の勘《かん》みたいなものになってしまうのだが、リックの動きを見ていると元々の運動神経がよかったとかそういうことはないように感じる。今の動きはむしろ圧倒的に洗練はされているのだが、どこかスマートではないというか泥臭《どろくさ》さを感じるのである。

むしろ、一番センスがあったのは『魔力操作』なのではなかろうか？　あの少ない魔力であれだけ強力な身体強化や魔力相殺《まりょくそうさい》を行えるのは、驚異的《きょういてき》と言わざるを得ない。まあ、もっとも『魔力量』が少なければせっかくの『魔力操作』のセンスも使い方が限られてしまうのだが。

そんな自分よりも才能の無い男がギースを倒してしまったのだ。

あの姿は、かっこよかったな……と思う。

ともかく。

アンジェリカは強く思うのである。

強くなりたいと、私はまだ強くなれると。そのためには遠慮も躊躇もしている暇は無いと。

だから、アンジェリカは何としてでも何度断られようともブロストンに修業をつけてもらう約束を取り付けるつもりだった。

しかし。

「ふむ……お前の熱意は伝わったぞアンジェリカよ。修業をつけよう」

「え？」

あまりにも簡単に承諾《しょうだく》されてしまい、アンジェリカは思わず間抜けな声を上げてしまった。

「い、いいんですの？」

「もちろんだ。先ほどお前は言ったな『報酬は言い値で支払う』と。リックからお前のお家の騒動《そうどう》について大まかなことは聞いている。今は盛り返したとはいえ、極度の財政危機を経験している人間がなかなか言えることではないぞ。それだけ本気ということだろう？」

「……」

「では、さっそく始めようか。少し歩いたところに訓練に適した砂漠《さばく》地帯がある」

「え？　今からですの？」

ブロストンは明日試合がある。アンジェリカは大会が終わった後に修業をつけてもらうつもりだったのだが……。

「気にするな。修業を見るくらいで翌日の体調に影響《えいきょう》が出たりはしない。それから、報酬はいらないぞ」

「そ、そういうわけには」

「なに、元々金のために考えた訓練メニューではないからな。それとも、今から始めるのは不都合か？」

アンジェリカは首を横に振った。

「いいえ、望むところですわ!!」


と、いうわけでブロストンに連れられ、アンジェリカはリックと修業をした砂漠地帯に再びやってきた。

（また、あの地獄《じごく》の修業が始まるんですわね）

自分で選んだこととはいえ、恐怖《きょうふ》に体が震《ふる》えているのを感じる。しかも、今回はリックに鍛えてもらった時よりも厳しいというのだ。より、気を引《ひ》き締《し》めなくては。

そんなことを考えていたアンジェリカに、ブロストンは言う。

「『拳王《けんおう》トーナメント』でのお前の戦いは、見させてもらっていた」

「そう……お恥《は》ずかしい試合を見せましたわね」

「なにを恥じることがある。確かに敗北はしたが、予選で初めてお前の試合を見た時よりも格段に強くなっていた。不完全とはいえ糸切りも身に付けていたわけだしな、大したものだ」

アンジェリカはこういう言い方は弟子のリックとそっくりだなと思った。

結果も見たうえで、勝ちや負けで一括《ひとくく》りにせず個別に成長している部分を認めるのである。教えられる側としては相手が長期的な視点で自分を強くしようとしていることが伝わってきて、どうも言うことに耳を傾《かたむ》けようという気にさせられてしまう。

ブロストンは、だが、と前置きして話を続ける。

「未《いま》だにバランスの問題が克服《こくふく》できていないな。強化魔法《まほう》による高速移動、特に『瞬脚・厘《りん》』の発動時にはバランスの維持《いじ》がままならないはずだ。そのせいで正確に腕を振《ふ》りぬく必要のある『糸切り』の切れ味を大きく落としてしまっている。より、全身を使った動きを身につけていく必要がある。リックのやつは『雛鳥《ひなどり》ランニング』をやらせたが、オレはもう少しだけ負荷《ふか》の強いトレーニングをやらせてもらおう。もう一度聞くが、リックがやったのと同じ修業でいいんだな？　少々厳しいトレーニングになる。覚悟《かくご》はできているか？」

ブロストンが低く強い声でそう言ってくる。

一瞬怯《いっしゅんひる》みかけたアンジェリカはだが、そこは生来の負けん気で対抗《たいこう》する。

「ええ、もちろんですわ!!」

そう言って、真っすぐにブロストンの目を見返した。

「……うむ。その心意気やよし。では、修業を開始する」

覚悟は決まっている。

さあ、来い。

「では、まずこれだ」


ガシャン。


アンジェリカの両足に鎖《くさり》に繋《つな》がれた鉄球が括《くく》り付《つ》けられた。

「……ふっ、この程度で狼狽《うろた》えるワタクシではありませんわ」

すでにリックの時に経験済みである。

あの時は両足に30kgの重りを括り付けられて驚愕したものだが、もはや慣れている。

そんなことを思いつつ、重りを見ると。

（……あれ、何か重りめちゃくちゃデカくありません？）

どう見ても、リックの時の倍以上のサイズがあった。

「あの……ブロストン。これ、いったいどれくらいの重量があるんですの？」

「ん？　大体一個３００kgだが、どうかしたか？」

圧倒的にどうかしている。

「ちょ……これ重りどころか、全くビクともしませんわよ!!」

「身体強化を上手《うま》く使えば少しずつだが動く、リックはこれをつけてトレーニングしたぞ?」

「……」

まあ、まて。

落ち着けアンジェリカ・ディルムット。

まだ慌《あわ》てる時ではない。まだ、この重りをつけた状態で何をするかまでは言われていない。

「そ、それで、この後はどうするんですの(震え声)」

「なに、お前がやるべきことは簡単だ」

そしてブロストンは平然と言う。

「『なるべく死なないように頑張《がんば》れ』以上だ」

「はい?」

ブロストンは砂の地面に手をついて魔力《まりょく》を籠める。

「食《く》らい、封《ふう》じよ、砂丘《さきゅう》の奈落《ならく》。旅人に試練と恐怖と教訓を。獣《けもの》の牙《きば》より鋭《するど》い計略が汝《なんじ》の四肢《しし》を奪《うば》い去る。神聖魔法『サモン・ドートルバグ』」

□□□

ちょうどその頃《ころ》。

「クソ!!　たぶんもうトレーニングが始まっちまってるはずだ……」

リック・グラディアートルは、ゴルドからブロストンとアンジェリカが砂漠地帯に向かったという話を聞いて、急いでそこに向かっていた。

リックにはなんとなく、ブロストンが自分にやらせたトレーニングのうちどれをアンジェリカにやらせるか想像がついている。

その想像通りなら大丈夫《だいじょうぶ》なわけがない。

「……まあでも、ブロストンさんでもさすがにアレよりは軽い訓練に」

「あああ

ああ!!!!!!!!!!!!!!!!」


「儚《はかな》い希望だった……」

少し離《はな》れたところから聞こえてきたアンジェリカの絶叫を聞いて、リックは額に手を当てた。


「待ってろよアンジェリカ、今助けに行くぞ!!」

「お待ちください、リック様」

いつの間にかリックの隣《となり》にいたリーネットが、そう言ってリックの肩《かた》に手を置いた。

「どうした、リーネット?」

「はたして、アンジェリカ様はそれを望むでしょうか?」

「それは……」

「あの方は意志の強い方です。きっと実際に自分で確かめてみるまでは納得しないでしょう」

「……まあ、そうだよな」

リーネットの言うことはごもっともである。

リックが止めに入ったところで突っぱねられるのは目に見えているし、それはアンジェリカの意思を踏《ふ》みにじることになる。

「でもなあ……」

ブロストンのトレーニングの過酷《かこく》さ、などと言う言葉では言い表せないほどの地獄を知るリックとしては、忸怩《じくじ》たる思いがある。

「くそっ、アンジェリカ。無理だと思うが、無事を祈《いの》るぞ……」

リックはそう言ってブロストンたちのいるであろう方角に手の平を合わせた。

それは、東方の宗教で『死者への黙祷《もくとう》のポーズ』ではなかったかと思ったが、リーネットは黙っておくことにした。

□□□

何だこれは？　何が起きていると言うんだ？

アンジェリカの脳内はその感情に支配されていた。

アンジェリカは現在、突如砂漠《とつじょさばく》地帯に出現した巨大なアリジゴクの中で絶叫しながらあがいていた。

砂丘に出現したすり鉢《ばち》状の穴は直径30ｍ、深さ10ｍ、どういう仕組みか穴の中央に向かって砂が少しずつ吸い込まれていくので、止まっていると徐々に底に向けて落ちていってしまう。

とはいえ、それをなんとかしようと這《は》い上がろうとしても、柔《やわ》らかい砂でできておりほとんど進むことができない。

しかも、穴の中央には。

『シュルルルルルルル……』

と、鋭い二本の牙を持ったモンスターが顔の半分くらいを砂から出して、アンジェリカの方をジッと見ていた。

「ひぃ!!」

真っ青になるアンジェリカ。

「なんですの⁉ なんですのこれは一体!!」

アンジェリカはちぎれんばかりに必死で四肢を動かしてよじ登ろうとしながら、そう叫《さけ》んだ。

ブロストンは、そんなアンジェリカとは対照的に落ち着いた声で言う。

「アンジェリカよ。お前は足を動かす時は足だけに、手を動かす時は手だけに力と魔力を集中させてしまう傾向《けいこう》がある。そのせいか、体の中に多数存在し、全身の連動を助ける小さい筋肉が十分に鍛えられていない。このトレーニングは流動する柔らかい砂の上で全身を動かすことにより、自然とバランスよく筋肉を鍛え、正しい全身への魔力配分も覚えられるというお得なものだ。しかも、柔らかい砂の上でのトレーニングだから負担も少ない。まさに一石三鳥だな」

などと言っているが、両足に300kgの重りをつけられている時点で負担が少ないもなにもないだろう。一秒ごとに全身が千切れそうである。

「だいたい、真ん中にいるおぞましいモンスターは一体何ですの!!」

「ん？　陽炎《かげろう》のことか？　安心しろ、落ちてもちょっと噛《か》まれるだけだ、痛いかもしれんが死にはせん」

「あのサイズで噛まれたら痛いですむわけ、あっ」

その時、アンジェリカの靴が脱げて、砂の中を転がっていった。

『キシャアアアアアアアアアアアアアア!!』

モンスターが勢いよく砂から飛び出す。

ズシャア!!

と、その鋭い牙でアンジェリカが落とした靴を串刺《くしざ》しにした。

「……」

絶句するアンジェリカ。

「なんだ陽炎のやつ、今日はごきげんだな」

「ちょっとおおおおおおおおおおおおおおおおおおおおおおおおおおお!!」

「まあ、ああなるのが嫌《いや》なら頑張るんだな。なに、初日だから十時間くらいで終わりにしてやる」

「じゅっ、十時間!?」

「リックはやりきったぞ?」

「そういう問題じゃありませんわ!!」

などと叫んだ拍子に、アンジェリカは足を滑《すべ》らせた。

「……あっ」

ズザアアアア!!　と勢いよくアリジゴクに吸い込まれていくアンジェリカ。

その奥では巨大な牙を持つモンスターがギラリと目を光らせていた。

『シュルルルルルルルルルルルルルルルル』

「嫌ああああああああああああああああああああ、人殺しイイイイイイイイイイいいいイイイイイイイ!!」

「安心しろ。俺《おれ》はヒーラーだ。死んでも決して死なせはせん。だから、途中《とちゅう》で落ちてもしっかり治して、きっちり十時間訓練させてやれるぞ」

□□□

「……ハッ!!」

アンジェリカは目を覚ました。

気が付けば砂の上に横たわっていたのである。

「ふう、悪い夢でしたか。そうですわよね」

それにしても恐《おそ》ろしい夢だった。

師匠《ししょう》の師匠に修業をつけてもらいに来たはずが、いつの間にか新手の処刑《しょけい》を敢行《かんこう》されていたのである。自分でも何を言ってるか分からない。

なんとも鮮明《せんめい》な夢であった。目を閉じれば動けずに砂の中を滑り落《お》ちていく中で迫《せま》ってくる鋭い牙が、ありありと浮かんでくる。

「何をブツブツと呟《つぶや》いている？」

そんなアンジェリカの顔を、灰色のオークが上から覗《のぞ》き込んできた。

「ひゃい⁉」

ガジャンと、驚《おどろ》いて飛び去ろうとしたアンジェリカの体が鎖に引っ張られて動きを止める。

両足にはキッチリ３００kgのデカすぎる鉄球がくっついていた。

「あ、あれは……現実ですの？」

「当たり前だろう。アレを見ろ」

ブロストンが指さした先には、砂漠の地面にしっかりとアリジゴクが鎮座《ちんざ》していた。

「まあ、最初に死ぬまで二十分ほどか。やはり、いいものを持っているな」

ブロストンの言葉に、アンジェリカがピクリと反応する。

「あの、さっきの『死ぬまで』というの何かのたとえですの？」

「いや、言葉の通りだが？　オレはヒーリングにはそれなりに自信があってな。死んでも時間がたっていなければ生き返らせることができるのだ」

　さらっととんでもないことを言ってのけるブロストン。

『王国』の軍事警察機関に所属し医療《いりよう》関係の術士にもそれなりに詳《くわ》しいアンジェリカだが、そんなことができるものなど聞いたこともない。

　そして何より。

「と、いうことは……ワタクシは、先ほど死んでた……？」

「そういうことになるな。肉体は限界を超え、破壊《はかい》と修復を繰《く》り返すことにより強くなる。死の恐怖で全力を出し、実際に死亡するまで体を虐《いじ》めぬき、回復魔法で復活させる。非常に理に適《かな》っていると思わんか？」

　アンジェリカは顔から血の気が失《う》せていくのを感じた。

「り、理に適っているとかそういう問題では……」

「リックはやったぞ？」

「……」

　アンジェリカはそれを言われて何も言えなくなってしまう。

「リックは……本当にこれを毎日続けたんですの？」

　二年間も？

この、地獄のキツさと一時的に死ぬという恐怖に耐《た》え続けて？

「……どういう神経をしてますのよあの男は」

アンジェリカの言葉に、ブロストンは意外にも深く頷《うなず》いた。

「そうだな、俺にもそこは分からんのだ」

ブロストンの口から初めて聞く「分からない」という言葉に少し驚くアンジェリカ。

「そこに関してはオレも、『オリハルコン・フィスト』の他の連中も、リーネット以外は驚いたものだ。あいつは怖《こわ》がって逃《に》げ出《だ》すことはあっても、必ず最後には立ち向かう男だった」

ブロストンは少し遠くを眺《なが》め、懐《なつ》かしそうにそう言った。

「まあとはいえ、それは夢のために必要だったからやっているだけなのだがな。今回の決勝戦は勝手が違《ちが》う。俺としては試合をしたいのだが果たしてどうかな……」

アンジェリカから見てその時のブロストンの表情は、なんとも言えないものだった。

期待しているのか、それとも諦《あきら》めているのか、嬉《うれ》しいのか、寂《さび》しいのか。とにかく、見たことのない複雑な表情を浮かべていたのである。

「ブロストン、アナタはなぜそこまでリックと……」

「さて、では休憩《きゅうけい》も済んだところで、続きをやるか」

「⁉」

ブロストンは地面にへたり込んでいるアンジェリカを合計６００kgの鉄球ごと片手で持ち上げた。

アンジェリカは全身をばたつかせて逃げようとするが、ブロストンの力とそもそも両足の３００kgの重りのせいで全く無意味だった。

「は、離してくださいまし‼」

「ん？　しかしな。リックと同じトレーニングをしてくれとのことだろう？　熱意ある要求にはできるだけこたえてやりたい性分《しょうぶん》なのだ」

数十分前の自分を呪《のろ》い殺したくなった。

「ワ、ワタクシには、無理ですわ‼」

「不可能ではないぞ？　お前より素質に劣《おと》るリックは一か月ほど毎日これをやりきったのだからな。よし、あと九時間二十分いくぞ……」

そう言って、ブロストンはアリジゴクに向かってアンジェリカを放《ほう》り投《な》げた。

「ひいいいいいいいいいいいいいいいいいいいい‼」

再び徐々に下に吸い込まれていく砂の中で必死にあがき出すアンジェリカ。

中心には、待ってましたとばかりに二本の牙を持つモンスターが待ち構えている。

分かった。

よく分かった。

よおおおおおおおおおおおおおおおく分かった。

「あ、頭がどうかしてますわ!!　これを考えたアナタも、やりきったリックも!!」

「ははは、何を言うか。自分で作っておいてなんだが、少なくともオレはこれ以上効率よく強くなれる方法を知らんぞ?」

「ちくしょおおおおおおおおおおおおおおお、全く言葉が通じませんわあああああああああああああああ!!」

□□□

その日の夜。

リックたちの宿泊《しゅくはく》する『マタタビ亭《てい》』の食堂は、大いに盛り上がっていた。

「……ぐっ、もう、ダメだ」

ガクリ、と大柄《おおがら》の男が食べ残した料理に顔から突っ込んで倒《たお》れる。

「わーい、このキノコのパスタもおいしー」

一方、向かい側の席に座るのは見た目が十歳くらいのヴァンパイアの少女、アリスレートである。

アリスレートは幸せそうな表情で大口を開けて、フォークで巻き取れる極限の量に挑戦《ちょうせん》したのではないかと思うような量の麺《めん》を一口で頬張《ほおば》った。

テーブルを囲む観衆たちから歓声《かんせい》が上がる。


——す、すげえぞ、あの嬢《じょう》ちゃん。もう五人抜《ぬ》きだ!!

——あの体にどうやったらあの量が入るんだ!?

——怪物《かいぶつ》だ!!　大食いの神か悪魔《あくま》かなんかの生まれ変わりにちげえねえ!!


要は、アリスレートの連日の食べっぷりを見て、地元の大食い自慢《じまん》たちが勝負を挑《いど》んだのである。

結果はアリスレートの圧勝。大男五人を楽しそうな表情のまま蹴散《けち》らしてしまった。

さらに、その周りでは。

「クソッ!! いくら何でも今度は負けると思ったのに!!」

「はいはい～、まいどまいど～」

ニヤケ面のハーフエルフ、ミゼットがアリスレートが何人抜きするかの賭《か》けを仕切っていたらしい。まさか、全抜きするとは『オリハルコン・フィスト』のメンバー以外だれも思っていなかったので、かなり儲《もう》かったようでホクホク顔である。

「あの人たちはどこいても楽しそうだな……」

そんなことを言いながら、店の名物であるポタージュをリックは口に運ぶ。

結局まだ明日試合をするのかどうか、迷っていた。

いや、結論としては試合をしないつもりなのだが、どうにもケルヴィンに言われた言葉が気になるのである。

『俺はブロストンのやつの気持ちが分かるからよ』

ブロストンの気持ち……と言うのはいったい何を指すのだろうか?

そもそも、この試合自体はリックたちの目的からすると意味がないのである。

元々『拳王トーナメント』に出場したのは、チャンピオンベルトの装飾品《そうしょくひん》として取り付けられている『六宝玉《ろくほうぎょく》』を手に入れるためである。だから、どっちが勝ってもベルトは手に入るし、リックが棄権《きけん》してもそれは変わらないのだ。

ブロストンはリックの知る限りでも、かなり論理的に物事を考える男である。その行動には必ず意味があるはずなのだが……。

などと考えていると。

カラカラと客が来店する音が聞こえた。

リックがそっちの方を見ると、見慣れた姿がそこにあった。

アンジェリカである。かなり服装はボロボロになっているが、一人で自分の足でここまで歩いてこられるというのは大したものである。リックなど、初日は回復魔法で回復させてもらったはずなのに、体の芯《しん》が完全に疲《つか》れ切《き》ってしまい修業が終わったと同時に気絶するようにその場で眠《ねむ》ってしまったものである。

「アンジェリカおかえり。いやー、無事だったようで何よりだ」

そう言って軽く肩を叩《たた》いたその時。

パタン。

とアンジェリカの体が力なく倒れた。

「!?」

リックは驚いて目を見開く。

「……」

無言で床《ゆか》に突《つ》っ伏《ぷ》すアンジェリカに、リックはしゃがみ込むとその体を揺《ゆ》すりながら言う。

「おーい、アンジェリカー!!」

「…………」

「生きてるかー!!」

「……………」

返事がない。ただの屍《しかばね》のようだ。

「生きてますわよ……」

「おう、よかった。一瞬《いっしゅん》マジで死んだのかと思ったわ」

まあ、ブロストンがそんなミスを犯《おか》すとは思わないが。

「それで、どうだったブロストンさんのトレーニングは」

「もう二度とやりませんわ……」

「そうだな。自分でこなしといてなんだが、俺も全くオススメはしない」

アンジェリカは床に向けて、半泣きになりながら恐怖に全身を震わせる。

大体アンジェリカの悲鳴をリックが聞いてから九時間半くらいか、おそらくホントにリックの時のように十時間やったのだろう。

恐ろしさに身を震わせると同時に、リックに一つの疑問がわいた。

そう言えば、なぜブロストンさんはこれほどまで面倒見《めんどうみ》がいいのだろうか？

性分もあるのだろうが、単純に考えてブロストン自身はやる気満々の決勝戦の前日なのに、アンジェリカに一日中付き合っていたことになるのだ。まあ、リックがそこまで万全《ばんぜん》を期す相手でもないと思われているのもあるだろうが。

それにしても、リックの時とは違ってアンジェリカは共に『カイザー・アルサピエト』を攻略《こうりゃく》するパーティのメンバーでもない。

「ローロットさんがビークハイル城に来た時も長時間トレーニングに付き合ってたし。面倒見がいいという言葉では片付けられないよな、ブロストンさんの付き合いの良さは……」

「ん、なんやリック君。リック君ブロストンのやつから聞いてへんかったのか？」

そう言ってきたのはミゼットだった。

リックの隣の席に座《すわ》り直《なお》し、先ほどの賭けで儲けた金を楽しそうに数えている。

「どういうことです、ミゼットさん？」

「ああ、やっぱり聞いてへんのか。ブロストンがなんであんなに誰《だれ》にでも付き合いよくトレーニングするかちゅう話やろ？」

「ええ、知ってるんですかミゼットさんは？」

「せやで。んー、まあ口止めされてるわけでもないし話すか。話したらリックくんも明日の決勝戦やる気になるかもしれんしな」

どういうことだ？　とリックは首をかしげる。

ブロストンの面倒見の良さの理由と、自分が明日、決勝戦に出場することにどういう関係があるのだろうか？

ミゼットは金を数える手を止めて話し始めた。

「そもそも、不思議に思わんかったか？　ブロストンはリックが集会場にやってきたその日からトレーニングを始めてるんやで？」

「あ、確かに」

ブロストンの訓練メニューは豪快《ごうかい》なようで非常に綿密によく考えられている。リックが来たその日のうちに、二年間のトレーニング計画を用意しているというのは変である。元々、二年間かけて行う修業《しゅぎょう》の計画が考えてあったというほうが自然だ。

では、なぜそんなモノを用意していたのか？

「『根源の螺旋《らせん》』の攻略のための仲間を育てるために、初めから用意していたのか？」

リックの推論を聞いて、ミゼットは「ちゃうちゃう」と手をヒラヒラさせた。

「アイツは理屈《りくつ》っぽいが、常に理屈で動いてるわけでもないで。ブロストンのやつはな、『自分と対等に殴《なぐ》り合《あ》いができる相手』が欲《ほ》しくてあのメニューを作ったんやで」

「……はい？」

予想もしていなかった答えに、リックは首をかしげる。

「話すと少し長くなるんやけどな、簡単に言えばあのケルヴィンって『拳闘士《けんとう》』と同じじゃや。ブロストンのやつはな、まだ生まれてから一度も全力で殴り合ったことがないんよ。素手喧嘩《ステゴロ》上等のオーク種やっちゅうのにな」

確かにそれはリックにも想像がつく。

普通《ふつう》に聞いたら与太話《よたばなし》であるが、あの異常なまでの強さである。生まれた群れの中でもまともに戦えるものはいなかっただろう。

というかブロストン並みの強さのオークが何匹《なんびき》もいたら地上はオークに支配されているだろう、冗談抜《じょうだんぬ》きで。

「リック君は、あの訓練プランの『体力』面での最終目的は何だったか知ってるやろ？」

「ブロストンさんと同等レベルの『体力』を身に付ける……」

「そうや。まあ、だからリックくんとの戦いは、生まれつきの超強者《ちょうきょうしゃ》、孤高《ここう》の最強オークがずっと望んでいた『自分と対等に殴り合いができる相手』との戦いなんよ」


そして、ミゼットはさらに詳しくブロストンの過去を語りだした。

それはリックにとっては自らの師の知られざる過去であり。

考えもしなかったリックとの試合にかけるブロストンの想《おも》いでもあった。


「……まあ、そういうわけやな」

ミゼットは一通り話し終えると、最後に「ワイはリック君が戦っても戦わなくても好きにすればええと思うけどな」とそう言ってテーブルに置かれたワインをあおった。

そして、リックは。

「少し一人で考えます」

と言って、その場を離れたのだった。

□□□

「……ふう」

店の外に出たリックは、少し冷えた夜の空の空気を吸い込んで一つ大きなため息をついた。

「もうお食事はいいのですか？　リック様」

いつの間にか隣にいたリーネットが、リックの方に水の入ったコップを差し出していた。

「ああ、ありがとよ」

そう言ってコップを受け取り、ゴクゴクと水を飲み干すリック。

「……ふう」

冷えた水を飲んだことで、先ほどのミゼットの話を聞いてゆだった脳を落ち着けることができた。

「なあ、リーネット。お前は知ってたのか？　ブロストンさんの過去のこと……」

「はい。私はブロストン様とラインハルト様に『オリハルコン・フィスト』に連れてきていただいた身なので。よくお二人がお酒を飲みながら昔話をしているのを聞いていました」

「……そうか」

リックは自分の手を見る。

二年前と比べて分厚くなった皮膚《ひふ》とブロストンの回復魔法でも完全には治りきらなくなるまでになった傷跡《きずあと》がいくつも刻まれている。

それはリックが強くなった証《あかし》であり、今はFランク試験の頃のように自分が弱いなどと決して思っているわけではない。

だが、相手はブロストンである。その自分を鍛《きた》えた張本人であり、あのオークの圧倒的《あっとうてき》な強さはリックが誰よりも知っていると言ってもいい。

別にケルヴィンのようなバトルマニアというわけではないリックにとっては、ワザワザそんな途方《とほう》もなく恐ろしい相手と戦う理由が無かった。

だが。

先ほどのミゼットの話を聞いて、リックの方に戦う理由が無くてもブロストンの方にはあることを知ってしまった。

「……なあ、リーネット」

「何でしょうか、リック様」

「ここで、俺がやっぱり試合はしたくないって言ったら、ダサいと思うか？」

その問いに、リーネットは少し考えて言う。

「ダサいとは思いませんよ。ですが……」

「ですが？」

「ブロストン様のためなら怖くても自分に理由がなくても戦うと言えるリック様の方が、私は好きです」

「……」

リックはポカンとした顔をしてリーネットの方を見る。

「あと、ブロストン様は私にとっても恩人ですから、望みがかなって欲しいという願いがあります……どうかしましたかリック様？」

「ああ、いや何でもない。でも……うん、そうだよな。俺もそういう自分のほうがカッコいいと思う」

リックはそう言って、自らの拳《こぶし》を強く握《にぎ》った。

第三話　決勝戦

翌日。決勝戦を目前に『中央拳王闘技場《とうぎじょう》』は大いに盛り上がっていた。

リック・グラディアートルとブロストン・アッシュ・オーク。歴代『拳王トーナメント』においても最強のカードであるとまことしやかにささやかれるマッチアップを見に大勢の客がつめかけていた。

前座で行われている、惜《お》しくも『拳王トーナメント』出場を逃《のが》した選手たちのエキシビションマッチにすら準決勝に勝《まさ》るとも劣らない大声援《だいせいえん》が注がれる。


しかし、そんな観客たちの盛り上がりとは裏腹に、リック・グラディアートルの控室《ひかえしつ》である西側控室には緊張《きんちょう》した空気が漂《ただよ》っていた。

「試合開始まであと二十分……リック選手はやはり来ませんか」

スネイプ・リザレクトは時計を見て、諦めの入った声を出した。

「リックのやつホントに来ない気ですの？　まあ、仕方のないことかもしれませんわね

「……」

アンジェリカはそんなことを呟いた。

「スネイプ。心情的に難しいかもしれませんが、あまり、リックを責めないでやってほしいですわ」

「ええ、まあ。そもそも棄権の申し出を無視して強引《ごういん》に準備を進めたのはこちらですから。恨《うら》むということはありませんが……しかし、アンジェリカさんはリック選手の肩を持ちますね？」

「……まあ、ちょっと色々と経験したんですわ、おっぷ」

昨日の訓練のことを思い出し、口元を押さえるアンジェリカ。

「急に顔色が悪くなりましたけど、大丈夫ですか？」

「大丈夫ですわ……」

正直、昨日の訓練を体験したアンジェリカとしては、リックの棄権も止《や》む無しという考えである。

正直なところ、アレはトラウマになってもしょうがない。

そんなことを考えていた時だった。

「どうしたアンジェリカ？　気分悪そうだな」

「リック⁉」

「リック選手‼」

アンジェリカとスネイプが同時に声を上げた。

控室の入り口の前にリックが現れたのである。隣にはいつも通りメイド服姿のリーネットもいた。

「これはこれは、リック選手。来ていただけると信じていましたよ」

先ほどまで完全に諦めムードだったにもかかわらず、サラッと耳触《みみざわ》りの良い言葉を言えるあたり、大した世渡《よわた》り上手だとアンジェリカは半分呆《あき》れて半分感心した。

「それで、来ていただけたということは、そういうことと言う意味でよろしいですね？」

「ああ。当然だ」

「こうしてはいられませんね。すぐに進行の準備をしなくては。それでは失礼します」

スネイプはそう言って控室から出て行った。

「……リック。本当に大丈夫《だいじょうぶ》なんですの？」

そのアンジェリカの言葉は、同じ地獄《じごく》を見た人間に送る心底からのものだったが。

「ああ、吹《ふ》っ切れたぜ。上等だよ。今までの成果をぶつけてやろうじゃないか」

リックは堂々たる態度でそう言い放った。

ああ、ちょっとズルいな、とアンジェリカは思った。

まっすぐ前を見つめて凛《りん》としたその表情は、普段《ふだん》のリックからは想像もつかないほどに頼《たよ》りがいがあって逞《たくま》しく映る。

試合の時もそうだった。強敵に向かうリックの姿は、とてもかっこよくて魅力的《みりょくてき》で……。

「まままままま、まあ。ブロストンさんに一泡吹《ひとあわふ》かせて、やややややややややるぜぜぜ（ガクガクガク）」

「……一秒前のトキメキを返してほしいですわ」

リックの足元を見ると、凄《すさ》まじい勢いで両足が震《ふる》えていた。

「ははは、大丈夫だ安心しろアンジェリカ」

と言いつつ、目線がチラチラと出口の方を見ている。

アンジェリカはため息をついて言う。

「ダメダメですわね。これどうするんですの？」

「仕方ありませんね」

そう言ったのはリーネットだった。

「リック様、ちょっとこちらへ」

「ん？　なんだ？」

リーネットはリックを部屋の隅《すみ》に招いて何やら耳打ちする。

「リック様……」

すると、リックは突然《とつぜん》カッと目を見開いた。

そして、次の瞬間《しゅんかん》には足の震えは止まり、真っすぐに背筋を伸《の》ばして選手入場口に向かって歩き出す。

あまりの急変っぷりに、ポカンとしてしまうアンジェリカ。

「リック？」

「……ふう、もはや俺に恐れるものはない。行ってくるぜ」

と堂々と舞台《ぶたい》に歩いていった。

アンジェリカはリーネットの方を向いていったい何を吹き込んだんだ？　という視線を向ける。

一方。リーネットは「なんでしょうね？」とすました顔をしていた。

□□□

『さあ、さあ、皆《みな》さんいよいよこの時がやって参りました‼』

音声拡散魔法《まほう》を使った実況《じっきょう》の声が闘技場全体に響《ひび》き渡《わた》る。

『いよいよ「闘技会《とうぎ》」最強を決める「拳王トーナメント」も決勝戦。さあ、選手の入場だあ‼　まずは東の門から‼　『ホワイトカプス』所属、最強の拳と聡明《そうめい》な頭脳を併《あわ》せ持つインテリジェンス・オークファイター。ブロストン・アッシュオオオオオオオオオオオオオオオオオオオークッッ‼』


オオ‼


という観客たちの大声援と共に、ブロストンが東の門から現れる。

凄まじい人気である。何せあのケルヴィンを倒しての決勝進出である。対戦相手もかなり強いのは分かっているが、この男こそ次のチャンピオンで間違《まちが》いないという意見が大半を占《し》めていた。

実際、本日のオッズはリックの方が十倍以上高い。準決勝で見せた圧倒的すぎる力はそれほどのインパクトを残したのだろう。

しかし。

中には、この試合が一方的なものではないと見抜《みぬ》いている者もいる。

観客席の最前列で『ヘラクトピア』随一《ずいいち》の『闘技会』ファン、ニックが友人に尋《たず》ねられていた。

「なあ、ニック。アンタはどっちに賭けたんだ?」

「もちろん、リック・グラディアートルだ」

「やっぱりか。しかし、ホントにアンタの言う通りここまで来ちまったもんなあ。いくらくらい賭けたんだ?」

「準決勝までで勝った分全部だ」

「はあ!? お前準決勝まででかなり稼《かせ》いでたろ!? それこそもう生活には困らないくらい。それ全部突っ込んだのか?」

「そうだ。額は重要じゃない」

ニックは慌《あわ》てる同僚《どうりょう》とは対照的に腕組《うでぐみ》をしながら落ち着いた、しかし確信の籠《こも》った声で言う。

「俺の選手を見る目がどれくらいのものか確かめたいんだ。母親の腹の中にいる時から闘技会のファンだったこのニック・サザンロッドという人間の目をな」

そして、ニックがその目にかけて「この男が優勝する」と見込んだ男が入場する。

『続いてぇ!! 西の門から入場!! 『西部拳闘会リーグ』所属。今大会大穴中の大穴、しかし現在無敗、その実力は本物。『拳闘会』の最速勝利記録を塗《ぬ》り替《か》えた無敵のオールドルーキー、リック・グラディアートル!!!!』

「お、来たぜ。アンタの一押《いちお》しが」

と、ニックの友人がリックを指さして言う。

「しかしな。なんでも噂《うわさ》では前日にブロストンにビビって決勝の辞退を申し入れてたなんて話もあるんだぜ? 大丈夫かよ」

「ふっ、お前も『闘技会』のファンは長いだろう。見て分からないか?」

「どういうことだ? ……ッッ!!」

ニックに言われてリックの表情を見たニックの友人が言葉を詰《つ》まらせる。

遠目から見ても分かる。あの表情は覚悟《かくご》を決めた者の表情だった。準決勝でも見せた凄まじい殺気とはまた別の、まるで決死の戦場に赴《おもむ》く戦士のような鋭《するど》い闘気が、見ているだけで皮膚をビリビリと刺激《しげき》してくる。

「やはり、俺《おれ》の目に狂《くる》いはなかった。確かにブロストンは強い。闘技会歴代最強だと断言できる。だが、勝つのはあの男だ。さあ最高の戦いを見せてくれ!!」

ニックはそう叫《さけ》びながらジョッキに入ったエールを一気に飲み干した。

『さあ、両者舞台の上に立った!! いよいよ試合が始まります!! 優勝賞金三億ルクと栄《は》えあるチャンピオンベルトを手にするのは果たしてどちらか!? 続きまして、各スポンサーからの副賞の紹介《しょうかい》をしましょう。まず、ドラゴノート商会より三泊《ぱく》四日の旅行と金一封《きんいっぷう》、『エルフォニア』より魔法石100kgと……』

実況が優勝の副賞を読み上げている間に、舞台ではブロストンがリックに声をかける。

「理由は分からんが吹っ切れたようだな。リック」

二人が並ぶとその圧倒的な体格差が如実《にょじつ》に分かる。準決勝のケルヴィンが長身だったこともあり、余計にその差は大きく見えた。しかし、230㎝の巨体《きょたい》から見下ろすブロストンに対し。

「悪いけど、勝たせてもらいますよ。ブロストンさん」

リックは全く怯《ひる》まずそう言った。

その様子を見て、ブロストンは満足そうに「うむ」と唸《うな》った。

「では、よき戦いをしよう。この二年、お前に叩き込んだ全《すべ》てを今度はオレに叩き返してこい」

□□□

さて、ちょうどその時。

「さあ皆さん。そろそろ配置につきましょう」

闘技場の観客席の最前列では、魔導《まどう》士協会の一級魔導士であるエルフ族の男、デイビット・サンダースが数名の部下に指示を出していた。

彼《かれ》らは観客防衛班と呼ばれる者たちである。

観客席の最前列に陣取《じんど》り、試合中に強力な界綴魔法《かいていまほう》が使用された場合などに観客を守るのが彼らの役割だ。

あまり界級魔法が使われることは多くない『闘技会』だがそれでも必要になる時はある。実際に準決勝でもケルヴィンが界級魔法を連発した時に、彼らは防御用《ぼうぎょよう》魔法を駆使《くし》して観客たちを守っていた。

しかし、その準決勝で本気になったケルヴィンやブロストンの攻撃《こうげき》を防ぎきれず、怪我《けが》人《にん》は出なかったが観客席に被害《ひがい》が及《およ》んだことを受けて、急遽《きゅうきょ》スネイプの提言で魔導士協会から一流の魔導士を派遣《はけん》する運びとなった。

そして、一級魔導士のデイビットを始め、防御魔法を得意とする二級以上の魔導士が決勝戦の観客防衛に当たることになったのである。

しかし。

「おい、何だ貴様らは!!」

一般人《いっぱんじん》が観客防衛班に入ってこないように警備させていた部下が声を上げた。

「はいはい、どいたどいたー」

「おじゃましま～す」

ニヤケ面のエルフと可愛《かわい》らしいヴァンパイアの少女が警備員の制止を無視して現れた。

デイビットは突然の不躾《ぶしつけ》な来訪者にも、年寄らしい穏《おだ》やかな態度で対応した。

「おやおや、どうしましたお二人さん。ここは確かに試合がよく見えますが、関係者以外は立ち入り禁止で」

「だって、おじさんたちじゃ、リッくんたちの戦いから見てる人を守るの無理だよ？」

「な⁉」

「ちょ、アリスレート。事実とは言えダイレクトに言いすぎやで。事実とは言え」

アリスレートの一切付度《いっさいそんたく》なしの言葉と、ミゼットのフォローしている口ぶりで完全に煽《あお》り散らしている物言いに、デイビットの部下たちがキレた。

ふざけるなこのチビども‼

さっさと、つまみだせ‼

と、罵詈《ばり》雑言《ぞうごん》が浴びせられる。

しかし、デイビットだけは無言でミゼットの顔をマジマジと見ていた。

「……失礼ですが、お名前を聞かせていただいてもよろしいですか？」

「ん？　ああ、あんさん『エルフォニア』出身か。ならアンタの想像してる通りで間違いないで」

「……やはり、アナタでしたか。私は元魔法軍隊《マジック・フォース》です。お会いできて光栄です」

「堅苦《かたくる》しいのはええよ。お互《たが》いもうそういう立場でもないやろ」

ミゼットはそう言って手をヒラヒラと振《ふ》る。

「デイビット班長。早くこいつらをつまみだしましょう」

部下の一人が、デイビットにそう進言するが。

「いや……彼らの言う通りにしよう」

「な、なぜですか⁉」

「簡単な話だ。我々のやるべきことは『最大限観客の安全を守ること』、そして目の前の者たちは我々よりも優《すぐ》れた技量を持っている。ならばやるべきことに従って、この方たちに任せるのが賢明《けんめい》と言うものだ」

部下たちは、デイビットの言葉が意味不明と言った様子だった。

「では、お願いします。ミゼット様」

「あいよ。いくでアリスレート」

ミゼットはそう言うと、最前列の椅子《いす》にドカリと座り込んだ。

「がってん!!」

アリスレートはそのミゼットの膝《ひざ》の上に飛び乗った。

そして、ミゼットの体に自身の魔力《まりょく》を送り込む。

「……おお」

と、周囲から感嘆《かんたん》の声が上がった。

アリスレートからミゼットに送り込まれた魔力の量は凄まじく、送り込まれる過程で自然と漏《も》れ出してしまう魔力だけでも一流の魔導士たちが圧倒《あっとう》されるほどであった。

「精霊《せいれい》の風、生命の守《も》り人。深淵覗《しんえんのぞ》き見《み》て善意を知り、天を覗《のぞ》いて悪意を知る。三界統《す》べる地上の王が、その権威《けんい》をもって楽園をこの地に生み出す。第七界級魔法『エア・ブレイクウォール』!!」

ミゼットの唱えた魔法を見て、今度は驚嘆《きょうたん》の声が上がる。

『エア・ブレイクウォール』は風系統防御魔法の最上位魔法であり、使用できるものは観客防衛班においてもデイビットだけだった。

不可視の結界が闘技場を囲むようにして広がる。

「……よし。なあ、そこのあんさん」

ミゼットが魔導士の一人を指さして言う。

「第五界級魔法の全文詠唱《えいしょう》辺りを適当にぶち込んで見てくれや」

「え?」

「言う通りにしてやってください」

上司であるデイビットに言われて、戸惑《とまど》いながらも魔導士は詠唱を始めた。

「灼熱《しゃくねつ》の砲弾《ほうだん》、火炎《かえん》の砲塔《ほうとう》、千人の兵たちの屍が築いた万《まん》の屍を踏《ふ》みこえて、悪《あ》しき巨人《きょじん》の暴虐《ぼうぎゃく》を打ち貫《うぬ》け。第五界綴魔法『フレイム・バースター』!!」

魔導士の手から巨大《きょだい》な炎《ほのお》の砲弾が放たれる。

二級魔術師《まじゅつし》の第五界綴魔法全文詠唱ともなれば、その威力《いりょく》は数十人の雑兵《ぞうひょう》を一撃《いちげき》で吹き飛《と》ばすほどのものがある。

そして、炎の砲弾が闘技場を囲むミゼットの結界に触《ふ》れた。

次の瞬間。

ボシュン!!

という音と共に、結界から発生した強烈《きょうれつ》な風圧が炎の砲弾を吹き飛ばした。

『エア・ブレイクウォール』は結界に触れた攻撃に反応し、ちょうど同じ威力の風を打ち返すことで防御する高度な迎撃魔法《げいげきまほう》である。

再び周囲の魔導士たちが驚《おどろ》きに目を見開く。

攻撃を打ったのは二級魔導士とはいえ、第五界綴魔法の全文詠唱である。ここまで完璧《かんぺき》に相殺《そうさい》するのは並大抵《なみたいてい》のことではない。しかも、この魔法は本来自分の体の周りに使う結界なのである。それを、半径50ｍを超《こ》える闘技場全体を囲むようにして使うなど、あり得ないとしか言いようがなかった。

「うん。まあ、こんなもんやろ」

しかし、ミゼットは何ということもないようにそう言った。

「な、何者なんだアンタらは⁉」

魔導士の一人がミゼットとアリスレートに詰め寄る。

「ん？　まあ、細かいことはええやろ。な？」

明らかに答える気のないミゼット。

「デイビット班長。アナタは彼らが何者か知っているようですが……」

「それ以上は、あまり詮索《せんさく》してもいいことはないですよ」

「……ッ!!」

普段は穏やかな老エルフのデイビットが少し声を低くしてそう言ったため、魔導士はそれ以上聞けなくなってしまった。

「あのー。ミゼットさん、でしたっけ？　ちょっといいですか？」

しかし、そんな中。一人の若い魔導士が申し訳なさそうに手を上げた。

「なんや？」

「素晴《すば》らしい防御魔法だと思うんですけど、これ、試合が終わるまで持たないですよね？」

確かに。と他《ほか》の魔導士たちも一斉《いっせい》に唸った。

『エア・ブレイクウォール』は難易度が高いことを除けば、非常に便利で強力な防御魔法である。特に、今回のように試合中に不意に観客席に飛んできた攻撃を防がなくてはいけない場合は、自動迎撃《げいげき》できるというのが何よりもありがたいし、単純に迎撃できる攻撃もかなり強力なモノでも相殺できる。

しかし、その『エア・ブレイクウォール』を使うことのできるデイビットがいながら、観客防衛班が今回採用したのは各人が持ち場について余波が飛んでくるところに合わせて通常の防御用界級魔法を使用する、というやり方なのである。

理由はシンプルで、『エア・ブレイクウォール』の消費魔力が膨大《ぼうだい》だからである。アリスレートがミゼットにやっているように、全員の魔力をデイビットに譲渡《じょうと》したとしても（そもそも魔力の譲渡自体かなりの高等技術で上手《うま》くできるものは少ないが）、会場全体を包む規模で使用するとなれば、せいぜい持って十分と言ったところだろう。

それまでに試合が終わるということもあるだろうが、正直心もとない。

「アナタの魔法の技術も魔力量も桁違《けたちが》いなのは分かりました。ですが、この規模を試合が終わるまで維持《いじ》し続けるというのはあまりにも……」

「まあ、俺だけやったら一週間くらいしか持たんから、もしかしたらあの体力無尽蔵《むじんぞう》同士の勝負が終わるまで持たんかもしれんけど」

サラッと一週間持つと言ったことに、魔導士たちが引きつった表情を浮《う》かべる。

「まあだからこそのこのチビッ子や。アリスレート、どんくらい持ちそうや？」

「んー？　わかんないけどこれくらい？」

そう言って、小さな手の短い指を一本立てた。

魔導士たちがいよいよこの世の地獄を見たような表情になる。

「馬鹿《ばか》な!!　まさか一か月も持つと」

「百年くらいか、まあアリスレートなら妥当《だとう》やな」

「……」

まさかの一世紀である。

魔導士たちの中には、白目を剝《む》いて気を失いかけている者までいた。

デイビットはそんな部下たちの反応に苦笑《くしょう》しつつも、ミゼットとその膝の上に乗るアリスレートの隣《となり》に腰掛《こしか》ける。

「しかし、アナタほどの術士が出向かなければいけないほどの方たちですか、これから戦うのは」

「当然や。あんさんもよく見とくとええで。リック君の方は実際のランクはEやけど、滅《めっ》多《た》にお目にかかれないSランクの実力を持つ者同士の戦いや。ぶっちゃけ、この結界もいつまで持つとも限らんで？」

「……ははは、それはそれは」

あまりに次元の違《ちが》う話にデイビットの口から乾《かわ》いた笑いが漏れる。

Sランク冒険者《ぼうけんしゃ》。

国家戦力級のあまりに突出《とつしゅつ》した戦闘《せんとう》能力のみを条件に選出される、冒険者カーストの例外的な存在。強さと言う概念《がいねん》において『国家が管理しきれない』とみなされた超人《ちょうじん》たち。

つまり、今から始まるのは国家と国家の戦争に等しいものということである。

「ねーミゼットくん。どっちが勝つか賭《か》けよー」

「ん？　ええで」

「ミゼットくんはどっちに賭ける？」

ミゼットは少し考えた素《そ》振《ぶ》りを見せたが。

「まあ、ブロストンやろな」

「えーアリスもブロストンくんだなあ」

「やっぱりかいな。まあ、リック君は強いのも分かるが今回ばかりは相手が悪いからな。アレを使えば勝ち筋がないとは言わんのやけど」

「では、私はリック様に賭けましょう」

そう言ったのは、いつの間にか傍《そば》に来ていたリーネットだった。隣にはアンジェリカもいる。

「お？　ええやん。じゃあ、ワイが当たったらビークハイル城の工房《こうぼう》の増築許してもらうかな」

「アリスは一週間ハンバーグ食べ放題!!」

「ええ、では私が勝ったら五日間の家事とビークハイル城の清掃《せいそう》をお願いします」

ミゼットとアリスレートは同時に「乗った!!」と声を上げた。

リーネットの隣に立つアンジェリカは耳打ちする。

「……いいんですの？」

「はい、私はリック様の強さを信じてますから」

「ワタクシもそこに疑いはありませんが……」

ミゼットやアリスレートの言うように、今回ばかりは相手が相手である。それは同じパーティのリーネットもアンジェリカ以上に分かっているはずだが……。

（それでも、リックが勝つと言い切れるのは凄《すご》いですわね）

どうにも、リーネットとリックの間には余人が入れない繋《つな》がりがあるように思えてしかたなく、それが微妙《びみょう》に悔《くや》しかった。

（あれ？　悔しい？　もしかしてワタクシはリックのこと……いやいや、無いですわね。気のせいですわ）

「さあ、始まるで……」

ミゼットが舞台の方を指さす。

同時に実況の声が会場に響き渡った。


『……さあ、時間になりました』

いよいよ、長きに渡った『ヘラクトピア』の戦いもこれが最後。

『第１０８回「拳王トーナメント」決勝戦!!　ブロストン・アッシュオークVSリック・グラディアートル!!　試合開始いいいいいいいいいいいいいい!!』

□□□

「さあ、始めよう」

開始の合図と同時に、ブロストンは両腕《りょううで》を体側に下した自然体になった。

一見隙《すき》だらけに見える構えだが……。

「……あれが、どうして全く隙がねえんだよな」

観客席にいるケルヴィンは自分の試合を思い出しながらそう呟《つぶや》いた。

あのブロストンの自然体は、実際に目の前に立つとどうやっても打ち込める気がしないのである。事実、準決勝でケルヴィンは『ファントムコンビネーション』や『ロールファング』を始めとして、いくつかの手段を試みたが、結局ブロストンの待ちを一度も崩《くず》せなかった。

しかも、下手にブロストンの間合いに踏み込めば、あの必殺の拳が飛んでくる。

いくらリックであっても、軽々に攻撃をしに行くことは難しいだろう。

その考えは、会場にいる他の観客たちも同じだった。

しかし、彼らの予想はすぐに裏切られることになる。

リックが右足を軽く上げて、地面を蹴《け》った。

次の瞬間。

ゴオッ!!

っと会場に閃光《せんこう》が煌《きら》めき轟音《ごうおん》が響き渡った。


「うわぁ!!」

「な、なんだ!!」


観客がそう騒《さわ》ぎ、ミゼットの使用した風の結界が内側からあふれ出そうとする衝撃波《しょうげきは》を相殺していく。

そして、一瞬《いっしゅん》にして巻き上がった闘技場の膨大な砂煙《すなけむり》が晴れると……。

「……見事だな。リック」

そこには、顔の前に出した右腕《みぎうで》から僅《わず》かに出血しているブロストンの姿があった。

「言ったでしょうブロストンさん、今日は何としてでも勝たせてもらいますよ」

そこから少し離《はな》れた場所で腕《うで》を振り切《き》った姿勢のリックはそう言ってニヤリと笑った。

そして、少し遅《おく》れて。

オオオオオオオオオオオオオオオオオオオオオオオオ!!

と、歓声《かんせい》が上がる。

観客たちには、何が起こったのか正直なところ分かっていない。

しかし、これだけは確かな事実である。

あの、ブロストン・アッシュオークが、絶対王者、ケルヴィン・ウルヴォルフと戦っても血の一滴《てき》すら流さなかった怪物《かいぶつ》が、間違いなくダメージを受けたのである。

□□□

「な？　ワイに観客守るの任せといてよかったやろ？」

観客席でミゼットはヘラヘラと笑いながら、近くにいる魔導士たちにそう言った。

当の魔導士たちは目の前で起きたことが理解できずに固まってしまっており、返事はなかった。

確かについ先ほど、一瞬にして発生したいくつもの衝撃波から観客を守り切ることは不可能だったろう。自動迎撃魔法である『エア・ブレイクウォール』でなければ間違いなく取りこぼしていたはずであるし。そもそも、急に発生した閃光のせいで撃《う》ち落《お》とすどころではなかった可能性も高い。

「な、何だ今の閃光と衝撃波は……いったいどんな魔法を組み合わせればあんな現象が起きるというんですか……」

防衛班長のデイビットは、唖《あ》然《ぜん》としてそう言った。

一級魔導士としての知識をフル活用して頭の中でいくつもの魔法を参照し推論を立てるが、そのどれでもあんな一瞬で周囲に閃光と衝撃波をまき散らすようなことにはならない。

しかし、そんなことを考えているデイビットに、アリスレートが言う。

「魔法？　別にリッくんたち魔法なんか使ってないよ？」

「……はい？」

デイビットは理解不能と言った様子でアリスレートに尋《たず》ねる。

「いやいや、お嬢《じょう》さんちょっと待ってください。魔法でないというならあの発光現象や衝撃波はなんだというのですか？」

「え？　だから、ふつうに二人とも戦ってただけだよ」

アリスレートは、コイツは何を言ってるんだ？　と言うように可愛らしく小首を傾《かし》げる。

それはこっちのセリフである。

その時。

「つまり、身体強化を使った肉弾戦《にくだんせん》の余波で起こった現象ということでしょう?」

また一人、デイビットたちのいる最前席にやってきた。

スネイプ・リザレクトである。

「隣、いいですか?」

彼の仕事はすでに試合前までで終わっており、後はこの決勝戦を見るばかりであった。

「アナタの頼《たの》みをNOと言える人間は、運営委員の中にはいませんよスネイプ運営委員長」

「そうですか。こういう時は早々に拳闘《けんとう》士を辞《や》めて権力闘争《とうそう》に身を捧《ささ》げてきたのも悪くなかったと思いますね」

そう言ってスネイプはデイビットの隣に座《すわ》る。

「それで、スネイプ運営委員長。先ほどの言葉はどういう意味で?」

「言った通りですよ。おそらくですが地面を蹴るか殴《なぐ》るかしたときに空気の摩擦《まさつ》で熱が起こって発光したんでしょう。衝撃波は攻撃の余波ですね。そうでしょう? ブロストンさんの友人の方々？」

「そうですね」

スネイプに問われて答えたのはリーネットである。

「リック様がブロストン様に仕掛《しか》け、打撃《だげき》と受けと回避《かいひ》の応酬《おうしゅう》の末にリック様が離れ際《ぎわ》に繰《く》り出《だ》した『糸切り』に近い打撃が命中した。というだけの話です」

「ははは、そんな事だろうと思いましたよ。いやはや、元『拳闘士』として嫉妬《しっと》を通《とお》り越《こ》して呆れてしまう強さですねえ」

落ち着いた様子でそう言うスネイプに、デイビットは尋ねる。

「スネイプ運営委員長、よく落ち着いてそんな荒唐無稽《こうとうむけい》な話ができますね。私は未《いま》だに信じられませんよ……」

「まあ、アナタは見ていないでしょうが、実際にブロストン選手は準決勝で魔力も何もないただの拳《こぶし》の空振《からぶ》りによる空気圧だけで、防衛班の結界魔法を軽々と貫通《かんつう》して観客席の一部を吹き飛ばしてます。そして、リック選手は私の弟を容易《たやす》くあしらった理外の強者《きょうしゃ》です。この程度で驚いていたら身が持ちませんよ。アナタも早く慣れることですね」

「……無茶《むちゃ》を言わんでくださいよ。私にもこれまでエルフとしての人生で培《つちか》ってきた二百年の常識というものがあるんです」

そう言って、デイビットはため息をついた。

もう、仕事とかどうでもいいから帰って寝《ね》たい。そんなため息だった。

そんなデイビットの気持ちを他所《よそ》に、舞台の方ではリックとブロストンが常軌《じょうき》を逸《いっ》した戦いを続ける。

一般人の目から見るそれは、もはや『拳闘士』同士の一対一の戦いにすら見えないだろう。

彼らの目にハッキリと見えるのは、闘技場《とうぎじょう》の中央に立つブロストンだけである。

リックの姿は見えなかった。

そして、まるでブロストンを中心にハリケーンでも起こっているかのように、凄まじい風圧が駆《か》け巡《めぐ》り閃光が走り闘技場の床《ゆか》や壁《かべ》が抉《えぐ》れて行くのである。

そして、時々ブロストンがこれも目にもとまらぬ動きで攻撃をさばいたかのような動きをすると、衝撃波が発生し観客席を守る結界がその衝撃波を相殺するのである。

「……」

「……」

「……」

先ほど歓声を上げた観客たちは、あまりにも自分たちの理解を超えた光景に黙《だま》ってしまっていた。

そんな会場の中で、二人の戦いを辛《かろ》うじてまともに見ることができる数少ない人間の一人、ケルヴィン・ウルヴォルフは小さく呟いた。

「なんだこりゃあ。人間の戦いかよ」

呆《あき》れ半分で凄い乗り物を見た子供のように楽しそうにそう呟くケルヴィン。

ケルヴィンの目に映っているのは、リックがブロストンに対して自分やアンジェリカが使ったヒットアンドアウェイの戦術を仕掛けているということである。ただ、そのスピードが速すぎて、観客たちにはリックの動きを目で捉《とら》えることが出来ずにいるのである。

ケルヴィンの目はブロストンの正面20mの位置にいるリックが、地面を蹴った瞬間を捉えた。


ドン!!


と地面にヒビが入るほどの踏み込みでリックの体が恐《おそ》るべき速度で前進する。

そのスピードによって空気が摩擦を起こし、その熱量で光が発生した。

観客たちにはその初動すら見ることができない、ただ、発生した光と風圧だけをリックが動いた後に認識《にんしき》できるだけである。

リックはその速さのままに一気にブロストンの懐《ふところ》に飛び込んだ。

そして、これまた目にもとまらぬ速度で蹴りを放つ。蹴りそのものに関してはケルヴィンですら目で捉えることのできない凄《すさ》まじい速度である。ただ、足が消失したかのように見えるということから蹴りを放ったというのが想像できるのみだ。

しかも、これも全体の動きからの想像でしかないが、その蹴りは『通し』の捻《ひね》りが加えられている。『ロールファング』と同じく、命中の瞬間《しゅんかん》に打撃の力を捻《ね》じ込む一撃だ。

あんな速度を乗せた一撃を受けたら、ケルヴィンですら一撃で体がバラバラに吹《ふ》っ飛んでしまうだろう。

だが。

バシイイイイイイイイイイイ!!

と、会場中に再び衝撃波が駆け巡る。

ブロストンはその蹴りを右手で弾《はじ》いた。

ケルヴィンとの準決勝で見せた『逸《そ》らし』という技術だ。敵の攻撃の側面を叩《たた》いて、攻撃の軌道《きどう》を逸らす技である。

基礎的《きそてき》な技であるが、観客たちどころかケルヴィンですら目で追うことができないほどの蹴りに平然とタイミングを合わせている。

（つーか。衝撃波発生してるんだから、弾いて軌道を変える力そのものが爆撃魔法《ばくげきまほう》みてぇな破壊力《はかいりょく》だろうな）

跳《と》び蹴《げ》りをすかしたブロストンは、その巨大な拳を握《にぎ》る。

ケルヴィンをたった二発で沈《しず》めた最強の拳を振りかぶろうとするが。

跳び蹴りをすかされたリックはその勢いを殺さずに、そのまま一直線に舞台《ぶたい》の端《はし》まで駆け抜《ぬ》ける。

ベコン‼

と、リックがブレーキのために蹴った闘技場の壁が凹《へこ》む。

「うお‼」

「な、なんだあ⁉」

と、前の方の席に座った観客たちが悲鳴のような声を上げる。

リックはそのまま壁を蹴った反動を使い、ブロストンに向けて再び突進《とっしん》。

しかし、今度はブロストンも拳を振りかぶっていた。

一撃必殺。ブロストンの拳が唸りを上げて飛び込んでくるリックを迎撃する。

しかし、その拳をリックは体を沈ませて回避。

否《いな》、さらに不自然なまでに加速する。

武術における『抜き』の動きである。脱力《だつりょく》し自らの体が沈む力を加速力に転じる技術である。しかも、加速のために力むことがないために加速する瞬間を捉えづらい。

ただでさえ尋常《じんじょう》でない速さのリックがさらに加速し、ブロストンの懐を潜《くぐ》り抜ける。

そして、すれ違い様にリックの右手が動いた。

軽《かろ》やかに力強く振りぬかれたそれは『糸切り』。アンジェリカに教えた素手《すで》による斬撃である。

しかし、アンジェリカのものとは違い、リックのそれは非常に荒《あら》く力強い。切ると言うより抉るという表現が正しいものだった。

打撃音《だげきおん》と共にブロストンの胴体《どうたい》の皮膚《ひふ》が僅かだが抉れる。

そして、リックは再び勢いを殺さずブロストンの間合いの外に移動した。

この一連の攻防《こうぼう》、僅か一秒弱の出来事である。

人に話せば完全にデキの悪いジョークだろう。

観客たちの目が捉えることができないのは、あまりにも必然というものだ。

そもそも、これもケルヴィンも見える範囲《はんい》での攻防であり、攻撃そのものの動きは捉えられていないので、もしかしたら一撃に見えている突《つ》きは十発ほど打っているのかもしれないのである。

自分と戦った時はまだまだ本気ではなかったということだろう。

「はっ、ほんと最高にとんでもねえなアイツらは!!」


一方、観客席の最前列で観戦しているアンジェリカが呆然《ぼうぜん》としていた。

「こ、これが、Sランク同士の戦い……」

全てが常軌を逸している。

ケルヴィンほどではないが、元々高速戦闘を得意とするアンジェリカにも少しだけリックとブロストンが何をやっているかは見えていたのである。

ヒットアンドアウェイ。

圧倒的《あっとうてき》な体格を持つ相手の懐に飛びこんで攻撃を打ち込み、敵の反撃《はんげき》が来る前にすぐさま後退するという戦術である。スピードに自信のあるファイターにとっては基本的な戦略であり、アンジェリカも多用する戦術である。もっと言うなら、リックが今やっている通り抜け際に敵を切りつけながら離脱《りだつ》する戦法は、アンジェリカの最も得意とするものだった。

とはいえ、同じことをやっているはずなのにあまりにもレベルが違いすぎた。

あれがリックが踏み入《い》れた領域。ブロストンによる地獄《じごく》のトレーニングを二年間こなしたことで至った怪物の世界。

アンジェリカは恐ろしくて声が出なかった。

何が恐ろしいって、その領域に足を踏み入れているのが自分よりも才能の無い男だということであり、アンジェリカもあの修業《しゅぎょう》を続ければ同じことができるということが何よりも恐ろしかった。

そう、できてしまうのだ。

リックと同じ修業をやり切れさえすれば。

しかし、それは……。

（ワタクシには……無理ですわ……）

体もそうだが、一回体験して分かった。あれでは精神が持たない。むしろ才能があるアンジェリカの方がリックよりも楽なはずなのに。

だからこそ、自分の本当の弱さを叩きつけられて怖《こわ》かった。

準決勝でリックに自分の進む道にさらなる高みがあると示してもらって心にともった炎が揺《ゆ》れ動《うご》くのを感じる。

少なくとも、リックと同じようにはできるけどできないのだ。アンジェリカには。

「まったく、嫌《いや》になりますわね……」

アンジェリカはため息をついた。

先ほど子供のように無邪気《むじゃき》に二人の強さを喜んだケルヴィンとは違う、重いため息だった。

「それにしても……」

それはそれとして、アンジェリカは気になることがあり首をかしげる。

「リックのこのリスクを恐れない堂々たる戦いっぷり、昨日までのリックからは想像もつかないですわね」

なにせリックは、あのブロストンに対して躊躇《ちゅうちょ》なく懐に飛び込んでいっているのである。

正確には控室《ひかえしつ》でリーネットに何か言われるまで、だが。

アンジェリカは隣に座るリーネットの方を見る。

「リーネット、試合前にリックに何を吹き込みましたの？」

「気になりますか？」

リーネットはいつも通りの淡々《たんたん》とした様子で答える。

「ええ、それはまあ」

正直なところ大分気になっているアンジェリカである。

しかし、リーネットはいつも通りの淡々とした調子でこう言った。

「『もし優勝したら、副賞の温泉旅行に私を連れて行ってくれませんか？』ですね」


「……は、はあ⁉」

アンジェリカは思わず声を上げて立ち上がってしまう。

「アンジェリカ様、後ろの方が見えませんよ」

「あ、申し訳ないですわ」

アンジェリカは後ろの客に小さく頭を下げると、自分の席に座り直す。

そして、リーネットに小声で言う。

「ほ、本気ですの？」

副賞の温泉旅行は『帝国《ていこく》』のとある温泉街での三泊《ぱく》四日のペアチケットである。

リックもリーネットもいい年の男女だ。その二人が泊《と》まりがけで旅行に行くということは……つまり、そういう気があって然《しか》りということだろう。

そのことをアンジェリカが尋ねると。

「はい、私はリック様が好きなので問題ありません」

と、これまた平然と言ってのけた。

「……はあ」

アンジェリカは深くため息をつく。

(こりゃ、敵《かな》いませんですわね)

それであそこまではりきるリックも、こうしてサラッとリックのことを好きと言ってのけるリーネットも。なんとも噛《か》み合《あ》った二人ではないか。

だから、そう。少しだけズキリと痛んだ胸の痛みも勘違《かんちが》いなのである。

「せいぜい頑張《がんば》りなさいですわリック」

もう勝手にしてくれと、投げやりな声でアンジェリカはそう言った。

□□□

（勝ったらリーネットと泊まりで温泉旅行おお!!）

というわけで、舞台の上ではリックが欲望のエネルギーを全開にして戦っていた。

すでに数発ブロストンにダメージになる攻撃《こうげき》を当てており、戦況的《せんきょう》にはリックが押《お》していると言って差《さ》し支《つか》えないだろう。

とはいえ、すれ違いざまの『糸切り』による切りつけ以外に有効打を撃たせてもらえていないあたりは、さすがはブロストンと言ったところか。

リックは高速の移動を一度止めて、いつでも動ける姿勢を取ったままブロストンに言う。

「悪いですね、ブロストンさん。このまま勝たせてもらいます。俺《おれ》にも負けられない理由があるんでね」

「いや、お前がその気になってくれたことはオレにとっても喜ばしいことだ」

ブロストンは押され気味の戦況にもかかわらず、冷静にそう言った。

「何がお前にそこまでさせるのかは分からんがな」

煩悩《ぼんのう》である。

ブロストンはリックの攻撃によって体に付いた血を拭《ぬぐ》うと言う。

「では、こちらからも仕掛けるとしよう」

「⁉」

リックは集中力を限界まで上げた。

この試合、常に受けに回っていたブロストンが攻撃に転じるというのである。

（さあ……どう攻《せ》めてくる？）

リックだけでなく、観客たちもブロストンの次の動きに注目する。

しかし、ブロストンの次の行動は、観客の誰《だれ》も予想していなかったものであった。

なんと、その場で拳を振《ふ》りかぶり始めたのである。

観客たちは全くもって意味が分からなかった。リックとの距離《きょり》は10mは離れているのである。いくらブロストンが巨体《きょたい》で腕が長いからといって、届くものではない。

しかし。

準決勝を戦ったケルヴィンとブロストンのことをよく知るリックは、その行動の狙《ねら》いに気づいていた。

リックは全力でその場を離れた。

ブロストンが虚空《こくう》に向けて拳を放つ。

次の瞬間。

ブロストンの拳から凄まじい空気圧が放たれた。

魔法《まほう》でもなんでもない、ただの拳の空振りによって発生した空気砲《ほう》は一直線に途中《とちゅう》にあるものを薙《な》ぎ払《はら》い、先ほどまでリックがいた場所を通過し、舞台の壁とミゼットの結界に直撃《ちょくげき》した。

中に金属を入れて補強した壁が勢いよくひしゃげ、ミゼットの結界も限界ギリギリの相殺風を送り何とかその衝撃《しょうげき》を抑《おさ》えこむ。

「ははは、まったくこの人は……」

全くもって呆れた話であるとリックは苦笑した。

先ほどまでのブロストンの拳は高速で移動するリックを迎撃するために威力《いりょく》を犠牲《ぎせい》にしていた面があった。だが、自ら攻撃を仕掛けることにしたブロストンの拳は、あまりの威力にもはや近づかなくても相手を殴れるということらしい。

こんなことをできる生き物は、世界広しといえどもこの人しかおるまい。というか、いたらそんな危なすぎる世界には住んでいたくないと心底思う。

そんなことを考えている間に、ブロストンが再び拳を振りかぶる。

リックは右に跳躍《ちょうやく》して拳の直線上から離れる。

そして再びブロストンから放たれた拳の空気砲が、その直線上にあるものを吹き飛《と》ばした。

さらに恐ろしいのはそこからだった。

ブロストンはその距離を無視した拳を何発も放ってきたのである。

「クソ!!　めちゃくちゃだなホントに」

リックを追いかけ四方八方に空気砲がばらまかれ、闘技場の地面や壁を抉り取《と》っていく。

ミゼットの結界が無ければ観客席は大惨事《だいさんじ》になっていたことだろう。

リックは床を転がって拳が起こす暴風雨を何とか躱《かわ》す。

めちゃくちゃだとは言ったが、この使い方は考えてみれば当たり前のものだろう。

ブロストンの距離を無視した拳は必殺技《ひっさつわざ》でも何でもなく、ただの「普通《ふつう》のパンチ」なのである。

だから、当たり前のように連打できる。

そして当然のように。

ブロストンが拳を途中で止めた。

「しまった」

こういうフェイントも可能である。なぜなら「普通のパンチ」だから。パンチを途中で止めて打ち直すくらい、その辺の運動不足の大人でもできる。

リックはその時、空気砲が来ることを見越《みこ》して左に跳んでしまっていた。

「むん」

ブロストンの拳がリックに向けて振りぬかれた。

(回避は……間に合わねえか)

ならばと、リックは空気砲に向かって拳を放った。

リックもリックで凄まじい威力の拳の持ち主である。その拳が空気の塊《かたまり》を打《う》ち砕《くだ》いた。

「ぐおっ!!」

しかし、それをしてもなお砕いた余波だけで鈍器《どんき》で殴られたかのような衝撃がリックに襲《おそ》いかかる。

鍛《きた》え上《あ》げた強靭《きょうじん》な肉体があるため少々のダメージを受けた程度で済んだが、普通の人間がくらったらどこまで吹っ飛ばされるか分かったものではない。

そして、攻撃を受けたことでリックに生まれた隙を、この男が逃《のが》すはずがなかった。

ブロストンは膝《ひざ》を少し曲げて力をためると。

ドン!!

という地面を踏《ふ》み抜く音と共に、一瞬でリックの背後に回り込んだ。

巨体に見合わぬ俊敏《しゅんびん》な動き。

いや、それどころか『拳闘会』全体で見てもリックは例外だがそれ以外の誰よりも圧倒的に速い。

しかも、ギースのような荒々《あらあら》しさはなく洗練された無駄《むだ》のない足運びで移動するため、動きの予備動作を見切りにくい。

リックは驚《おどろ》くことはなかったが、改めて痛感した。

ブロストンはパワーとタフネスに特化しているのではなく、基本的に全《すべ》ての能力に優《すぐ》れた万能型《ばんのうがた》であり、その中でパワーとタフネスが圧倒的に高いというだけなのである。

ブロストンが拳を振りかぶる。

(くそ、これはまずい!!)

リックは現在、先ほど距離を無視した拳を受けたことで完全に姿勢が崩れてしまっている。

「さあ、どうするリックよ?」

ギリギリとブロストンが拳を握りしめる音が聞こえてくる。

デカい拳である。

手首から指の先まで１ｍはあり、厚さは百科事典のようであり、皮膚は岩肌《いわはだ》のようにゴツゴツとして硬《かた》い。

その常識外れの握りこぶしが、２３０㎝の巨体からブロストンのパワーをもって放たれるのである。

距離を無視した拳などと言ったが、当然の如く距離が離れるごとに威力そのものは加速度的に減少していくのだ。それでも、くらえば体勢を崩されてしまうほどの威力がある。

いくらリックがトレーニングによって常識外れの耐久力《たいきゅうりょく》を獲得《かくとく》しているとは言え、まともに直撃すればただでは済まない。

必殺の拳が放たれた。

(今だ!!)

リックは全身を駆け巡った危険信号を頼《たよ》りに、ブロストンの拳が放たれる瞬間を完璧《かんぺき》に予測していた。

そして。

ゴオッ!!!!

と、再び闘技場を空気の砲弾《ほうだん》が駆け抜けた。

ミゼットの結界はまるで意志でもあるかのように軋《きし》んだ音を出しながら、その空気砲をなんとか相殺《そうさい》する。

そう。ブロストンが拳を空振りした余波であるはずの空気砲が発生したのである。

リックはブロストンの拳を受けていなかった。

だが、躱したわけでもなかった。リックはブロストンに背後に回り込まれた位置から、方向転換《てんかん》しただけで動いてはいないのである。

では、どうやってブロストンの拳を防いだのか？

会場にいる人々で誰よりも驚いたのは、デイビットを始めとする魔導《まどう》士たちだった。

皆《みな》、今日一番ではないかというほどに驚愕《きょうがく》し目を見開いている。

「ふむ……相変わらず、その魔力《まりょく》操作は見事なものだなリック」

リックが使ったのは防御《ぼうぎょ》用界級魔法『エア・クッション』である。

唯一《ゆいいつ》リックが使うことができる防御用魔法である。

リックはこれを完全無詠唱《むえいしょう》で一瞬にして発動し、ブロストンの拳の側面に空気の壁を当てて攻撃を逸らしたのだ。

要は疑似的《ぎじてき》な『逸らし』である。

しかし、そもそも完全無詠唱という魔法名すら詠唱しない魔力の発動は、魔導士たちの中ではおとぎ話扱《あつか》いされるほどの難易度の発動方法であり、魔導士たちが揃《そろ》いもそろって石像のように目を見開いて固まってしまっているのも無理はない話である。

とはいえ、完全無詠唱でなければ高速で襲いかかる拳にタイミングを合わせることなど不可能なので、これはブロストンの距離を無視した拳のように、リックだからこそできた防御方法である。

リックとブロストンの差はここである。

正直なところ、まともに戦えるレベルであるとはいえ、パワーだけで見ればブロストンの方が圧倒的に上だろう。特にその拳の威力である。

自らに向けて放たれてみて改めて分かる。アレはくらったら本当にタダでは済まない。今、顔の横を横切っただけで背筋が凍《こお》る思いがした。

しかし。リックが上回っている部分もある。

リックはブロストンに鍛えられた肉体だけでなく、リーネットやアリスレートやミゼットから授《さず》かった魔力操作や身体操作の技術もあるのだ。そのアドバンテージを活《い》かすのである。

それに。

（俺にも必殺はある）

リックは自らの右手を見る。

風系統第一界級魔法『エアショット』。風をまとわせた拳を相手に叩きつける、リックの使える唯一の攻撃用界級魔法である。

ブロストンの空気砲とは違《ちが》い、こちらはそもそも相手を倒《たお》すために魔力が込められた空気を放つ。これなら、ブロストンにも有効なダメージが与《あた》えられるだろう。

あとは、どうやってブロストンに当てるかである。

（だけど……）

リックは先ほどからブロストンと戦う中であることに気づいていた。

□□□

リックは一度大きくバックステップして、ブロストンから距離を取った。

「ふうっ……」

一度大きく息を吐《は》いて呼吸を整える。

リックは多少のことでは呼吸を乱さない無《む》尽蔵《じんぞう》と言っても差し支えないほどの体力を身に付けているが、やはり極度の集中を強《し》いられると消耗《しょうもう》を全く感じないというわけにもいかなかった。

すなわち。

（ああ、やっぱり。すげえよ、この人は）

体力、知力、精神力、技術力、全てにおいて完璧すぎる。

こうして対峙《たいじ》してみて、改めてこれほどの男が自分の師であることを誇《ほこ》りに思う。

一方、ブロストンも嬉《うれ》しそうにリックの方を見ていた。

「ふむ。強くなったなリックよ」

飾《かざ》り気《け》なくそう言われた言葉に、リックの心に素直《すなお》な喜びの感情が生まれる。

当然だろう、尊敬する相手に実力を賞賛されて嬉しくない男がいようものか。

「光栄ですよブロストンさん。アナタにそう言ってもらえるのは」

リックは自らの師が厳しい事実を容赦《ようしゃ》なく言い放ってくることと同時に、決して嘘《うそ》やおためごかしを言わないということを知っていた。だから、その口から放たれる厳しい忠告は全て事実であり、同時に賞賛の言葉は紛《まぎ》れもない心からの賞賛であると分かるのだ。

だが。

だからこそ。

（たぶん、ダメなんだ……それじゃあ）

なぜならブロストンの言葉はあくまで師匠《ししょう》が弟子《でし》にかける言葉であったから。

それでは、リックがこの試合に挑《いど》んだ目的。リーネットとの約束以外のもう一つの目的を達成することができない。

すなわち、それは。

「ブロストンさん」

リックはブロストンに言う。

「ミゼットさんから聞きました。ブロストンさんがなぜ、決勝戦を戦いたいと思っているのか。そしてブロストンさんの過去の話も……」

「はあ。ミゼットの奴《やつ》め、リックを焚《た》きつけるためにワザと喋《しゃべ》ったな」

ブロストンはため息をついて、観客席にいるミゼットの方を睨《にら》んだ。

ミゼットはそっぽを向いてヒューヒューと口笛を吹く。

「まったく、余計なことを。まあ、気にしなくてもいいぞリックよ。過ぎたことだ」

「それは無理ですよ。あんな話聞かされたら」

ブロストンがリックとの決勝戦を切望した理由。

ミゼット曰《いわ》く、それは「全力で肉弾戦を戦いたいから」ということだった。生まれてから一度も肉弾戦でまともに戦える相手がいなかったから、それを望んでいると。

それ自体は分かる。ケルヴィンも似たような願望を持っていた。周りと隔絶《かくぜつ》した、強すぎるがゆえの渇《かわ》きだ。

だが、ここで一つ疑問が生まれる。

リックの知るブロストンという男は自分と同じく、ケルヴィンのようなバトルマニアではない。ということである。

戦いに敬意をはらい、戦いを通して敵を知りたい。そういう考えを持っているのは知っている。しかし全力を尽《つ》くした、しかも肉弾戦に限定した戦いをわざわざ切望するという考えとは似ているようで全く異なるものである。

そのリックの疑問に対する答えは、ミゼットによって語られたブロストンの出生にあった。

そしてそれは『オリハルコン・フィスト』の設立にも関《かか》わる話であった。

第四話　孤高《ここう》の灰色オークと『オリハルコン・フィスト』

ブロストン・アッシュオークはとある山岳部《さんがくぶ》のオーク種の群れで生まれた。

家族には父親と先に生まれた兄が二人いた。オーク種は他《ほか》の種族に自らの子供を産ませる種族であり基本的に母親はいない。オークとしては一般的《いっぱんてき》な家族構成と言ってもいいだろう。

しかし、ブロストンは生まれたときから明らかに周りと違っていた。

まず、本来緑色の肌《はだ》をしているオークだが、ブロストンは灰色だった。

さらに、異常なまでに頭脳が発達していた。

簡単な鳴き声による意思疎通《そつう》しかできないはずのオークでありながら、たまたま近くの山道で谷底に落ちた書物をつんだ荷台から本を手に入れ、独学で言語を習得し物事を複雑に理解することができるようになったのである。ブロストンという名前も、書物に出てきたモンスターの名前からとって自分を識別するためにつけたものである。

そして何よりも、圧倒的に強かった。

オークの教育は基本的に肉体言語によって行われる。

群れの掟《おきて》に反するような事をした場合には、父親からの容赦のない鉄拳《てっけん》が飛び痛みを以《も》って、オークたちは常識を「学ぶ」のである。

しかし、ブロストンは満足に物心つく前の生後二年で父親が初めて鉄拳制裁をしようとした瞬間に、返《かえ》り討《う》ちにしてしまったのである。

父親は群れの中でも最強の戦士だった。その父親を僅《わず》か二歳《さい》で倒してしまったブロストンは、あっという間に群れの王に祭り上げられてしまう。

それ自体はブロストンにとっては構わないことであったが、ブロストンにとって耐《た》え難《がた》いことがあった。

それが孤独《こどく》である。

群れの王であり象徴《しょうちょう》となったブロストンに、父も兄弟も誰一人《だれひとり》として深い関わりを持とうとしなかった。近寄れば、頭を地面に擦《す》り付《つ》けて拝むばかりである。兄二人と父親は何か揉《も》め事《ごと》があればオークらしく一対一で殴《なぐ》り合う『拳比《こぶしくら》べ』で決着をつけ、終わった後は親しく食事を取るのだが、当然ブロストンがそこに入ることはできなかった。

とはいえ、王として見てもらっている以上は期待に応《こた》えよう。

そう考えたブロストンは群れのために様々な施策《しさく》を考案するが、当然言葉による高度な思考ができない他のオークたちは、ブロストンの考えを理解できない。

力ずくで従わせる事もできないことはなかった。が、それをやると本当に自分は「オークではなく、それらを統《す》べる何か」になってしまう気がして気が進まなかった。

仕方なく一人で様々な群れのための施策を行う日々が続いた。

ブロストンの尽力《じんりょく》で豊かになった群れだが、やはりそれによってますます周りはブロストンを崇《あが》めることになる。

ブロストンは本当に素晴《すば》らしい群れの王であった。


そんなある日。

一週間以上豪雨《ごうう》が続く異常気象が起きた時があった。

そして、群れの近くの山が大規模な土砂《どしゃ》崩《くず》れを起こす可能性が高いことを、ブロストンは独自の研究で生み出した地質学のようなもので看破する。

その前に群れを移動しなくてはならないが……。

「とはいえ、当然仲間たちは説明を聞けるほどの思考能力はないか……」

そしてやはり、無理やり力で従わせるのは嫌だった。

そのため思考能力の低い他のオークたちのためにも、ブロストンは一人で他の場所で今にも土砂崩れが起きそうなポイントを探した。実際に土砂崩れが起きるところを見てもらって、視覚的に理解してもらおうとしたのである。

一日中探し回り、ようやく見つかって自分たちの群れに帰ると。

群れの住処《すみか》は大量の土砂《どしゃ》に押し流《なが》され、オークたちは全滅《ぜんめつ》していた。

ブロストンはそれを見て唖然《あぜん》としてしまった。

群れが全滅したことではなく「群れが全滅したはずなのに、全く喪失感《そうしつ》を感じない自分」に唖然としたのである。

「……ああ、そうか。俺は初めから一人だったのだな」

そう思った。

最後まで誰一人として、ブロストンを神か何かのようにしか扱わなかったのである。まあ、とはいえブロストンは自覚があった。自分が異端《いたん》であるという自覚が。

だから彼らを恨《うら》むことはしなかったが、逆に愛着を持つこともできなかった。

たった、それだけの話だとブロストンは思った。

その後、ブロストンは山を降りた。

人里に降りたブロストンだったが当然しゃべるオークであり、しかも規格外すぎる頭脳と強さを持っているため、人々と馴染《なじ》もうとしても向こうが一方的に恐怖《きょうふ》した。群れにいた時と何一つ変わらない。

もちろん、ブロストンは自分がそういう存在だと分かっているため、人間たちを責めたりはしなかった。

やはり仕方のないことなのである。自分は異端であるし異常なのだ。

ただ、書物だけはブロストンにも臆《おく》することと無く語りかけてくれるのと、元々知識欲が旺盛《おうせい》なため大好きになった。

そんなある日、ブロストンは一人の冒険者《ぼうけんしゃ》に出会う。

その、冒険者はブロストンに戦いを挑むと様々な魔法や武器を駆使《くし》してなんと互角《ごかく》の戦いを演じてみせた。

ブロストンも初めてのまともな戦いに心躍《おど》らせたが、冒険者は途中で戦いを止めた。

そしてブロストンに尋《たず》ねる。

「強いのうお主は。じゃが満たされていない顔をしておる。何が望みじゃ？」

赤銅色《しゃくどういろ》の長髪《ちょうはつ》をたなびかせながら皺《しわ》の刻まれた顔に楽しそうな笑《え》みを浮《う》かべて冒険者はそう言った。

そして、ブロストンは初めてまともに言葉を交《か》わした相手に、素直な胸の内を語った。

「仲間を……共に笑い、共に喜び、共に悲しむ事のできる対等な仲間を望む」

それを聞いて、冒険者はこれ以上はないというくらいに大笑いした。

「ああ、すまんすまん。馬鹿《ばか》にしたわけではないんじゃよ。しかし……お主と対等とはこれはまた、えらい難儀《なんぎ》な注文じゃのう」

そして、まるで近くの飲み屋に行こうとでもいうような気軽さで冒険者はこう言った。

「ならば……ワシらが叶《かな》えられなかった夢を追ってみたらどうだ？」

なんと、その男は二百年前、英雄《えいゆう》ヤマトと共に魔王《まおう》を倒した「伝説の五人」の唯一の生き残りであった。

男は空を掴《つか》まんと言わんばかりに、天に向けて掌《てのひら》を広げて言う。

「果てしなく大きく途方《とほう》も無い夢を追うのじゃ、強く孤独な灰色オークよ。その夢の下《もと》に集まる者は、きっとお前にも勝《まさ》るとも劣《おと》らぬ強者《つわもの》たちになるじゃろ、パーティの名前はそうじゃな……お主の堅《かた》く強い拳からとって『オリハルコン・フィスト』なんてどうじゃ？」

こうして、その冒険者とブロストンの二人で『オリハルコン・フィスト』が始まった。

『根源の螺旋《らせん》』への到達《とうたつ》、『カイザー・アルサピエト』の打倒《だとう》の準備をすすめるうちに、冒険者の予言の通り、アリスレートやミゼット、リーネットと言った対等な強さを持つ仲間たちが集まってきた。

それがブロストンは嬉しかった。初めて孤独を癒《い》やすことができたのだから。

だが、それでも、一つだけ心残りがあった。

仲間はできた。

しかし、ブロストンには家族がいなかった。

元の家族はブロストンを一人のオークとしては見ず、まるで神か何かのように敬うばかりであった。

ブロストンには決して忘れられない光景がある。

ある朝、目が覚めたら兄弟たちが外で殴り合いの喧嘩《けんか》をしていたのだ。オークの文化『拳比べ』である。もめ事があった時に真正面からの殴り合いで、どちらが正しいか決める。

という野蛮極《やばんきわ》まりない、だが潔《いさぎよ》いともいえる文化である。兄たちが争っていた理由はなんであったか忘れたが、それほど大したことではなかったはずである。

オーク種ならば、食事風景の次くらいにはよくある光景だ。ただ、その時のブロストンは二人の兄弟を外から見ながら、自分は決して混ざれないその光景をじっと見つめていた。


そうだ。

一度でいいから。兄弟たちのようにオークらしく互《たが》いに頭を空っぽにした『拳比べ』をしてみたい。

それをミゼットに言ったら。

「無茶《むちゃ》やでそりゃ。お前とそんなことができるやつは、この世の果てまで探してもおらんと思うで」

アリスレートは魔法、ミゼットは道具、リーネットは身体操作の技術に優れており、確かに実力が対等な仲間ではあるのだが正面からの殴り合いを望むべくはなかった。

それは当然ブロストン自身も分かっていた。分かっていたが未練というのは自分の意思ではどうにもできないものである。

ブロストンはその豊富な知識を活かし一つのプランを組み上げる。

それは『自分と同等レベルの『体力』が身につく訓練プラン』であった。

しかし、それを見たミゼットはブロストンの「これを二年間やりきれば理論上はオレと正面から殴り合うことが可能なのだ」という説明を聞いて、やはり呆《あき》れたように言う。

「その理論にはな、やる人間の精神が持つかどうかがスッポリ抜《ぬ》けとるわ」

もちろんブロストンにもそれは分かっていた。

だから、ブロストンはそのプランを記憶《きおく》の奥《おく》にしまい込んだ。

これは過ぎた過去であり、なんてことはない感傷なのだと。


だがある日、一人の男が現れた。

「何をしてでも、強くなりたいです。夢を叶えるために」


その男は大層手間がかかったが、恐《おそ》るべき執念《しゅうねん》で最終的には本当に二年間の訓練をやりきってしまったのだ。

ああ、分からないものだな。本当に分からないものだ。

ブロストンはそう思った。

■■■

「まあ、なんということもない感傷だな」

ブロストンは自らの過去を、いつもの通りの泰然自若《たいぜんじじゃく》とした様子でそう言い切った。

しかし、曲がりなりにも師と弟子としてこの二年間寝食《しんしょく》を共にしたリックは理解してしまった。

ああ、そうだ。

(ブロストンさんが望んでいるのは、ただの戦いじゃない)

今のリックがやっているような魔法や技術を駆使したヒットアンドアウェイのような戦いではないのだ。本当に望んでいるものは、オーク種の中では敵がおらずに叶わなかった真正面からの殴り合いの喧嘩なのである。

ブロストンはなんてことない感傷などと言っているが、本当のところではそうではないとリックは思う。

その証拠《しょうこ》に、ブロストンは最も得意な回復魔法を試合で一度も使っていないのである。

いや、回復魔法だけではない。

ブロストンの万能性《ばんのうせい》とは体力や体術だけの話ではない、魔法についても最も得意とする神性魔法を始めとして、強化魔法や界綴魔法《かいていまほう》も一流のレベルで使いこなすことができるのだ。

そういった圧倒的《あっとうてき》な多才さがブロストンの『体力』と並ぶもう一つの武器であるはずなのである。

それをあえて使わずに戦っているのは……たぶん、少しでも自らの望んだ戦いに近づけたいがためなのだろう。

（どうする？）

リックは自分の握《にぎ》られた拳を見た。

ブロストンに比べれば小さな拳だが、そのブロストンに鍛えてもらったおかげで夢を掴むことができるほどに強くなった。

世話になった恩義を強く感じている。ブロストンの望みを叶えてやりたい想《おも》いは強い。

だが、それは同時にブロストンの最強の拳と真正面から殴り合うことでもある。

先ほどの攻防《こうぼう》で自らを掠《かす》めていった拳を思い出しリックは身震《みぶる》いする。正直、今までのどんな修業《しゅぎょう》よりも遥《はる》かに恐ろしかった。実際、ブロストンと真正面から殴り合えば絶望的に分が悪い。少なくとも今の戦いを続けた方が勝率が高いのは確かである。

（リーネットとの温泉旅行も行きたいしなぁ……）

そんなリックの迷いを見て取ったのか、ブロストンは言う。

「先ほども言ったが取るに足らん感傷だ。無理はしなくていいぞリックよ。さあ、お前の培《つちか》ってきた技術も魔法も全て駆使して向かってこい」

受け止めてやると、ドンと自分の胸を叩《たた》くブロストン。

リックはそれを見て苦笑《くしょう》した。

（……ああ、そうだな。この人はそういう人だ）

弟子である自分のことを第一に考えてくれた。何度も逃《に》げ出《だ》したときも厳しくも優《やさ》しく諭《さと》してくれた。

この二年でリックの特訓に費やしてくれた時間は百や二百では済まない。なのに、こうして自分の念願が叶うかもしれない舞台《ぶたい》で自分の都合に付き合う必要はないとまで言ってくれるのだ。

ありがたい。本当に感謝しかない。

リックは少しだけ滲《にじ》んだ涙《なみだ》を拭う。


……ならば、自分がやることなど決まっているではないか。

「……ふーっ」

リックは大きく息を吐く。

そして、しばし沈黙《ちんもく》し……観客席の最前列に座《すわ》るリーネットに向けて言う。


「リーネット!!」

「はい」

「……悪いけど旅行、行けなそうだわ」

サッパリとした顔でそんなことを言ったリック。

しかし、リーネットはそんなリックを見て嬉しそうに笑いながら言う。

「……そんなアナタが、大好きですよ」

リックは一つ頷《うなず》いた。そして正面に向き直って、ゆっくりとブロストンの方に歩み寄っていく。

やがて、ブロストンの目の前まで来ると……スッと右手を上げた。

「……」

その右手を見てブロストンは言葉を詰《つ》まらせる。

『クオーター・サムズアップ』

親指を立てた拳を握り斜《なな》め四十五度に傾《かたむ》けたその形は、紛れもなくそれであった。

オークの騎士道《きしどう》と言われる独自の文化。オーク種は群れで争いが起こった時に、この親指を立てて傾けた拳を互いに打ち合わせた後、一対一の防御と回避《かいひ》を禁止した殴り合《あ》い『拳比べ』をどちらかが倒れるまで行うのである。

より強くより頑丈《がんじょう》な個体が優秀《ゆうしゅう》とされるゆえに。

「リック……お前は……」

「やりましょうよ。『拳比べ』。飾らず、捻《ひね》らず、心のままに、拳のままに。ブロストンさんたちオークってのは親子や兄弟でこれやるんでしょう?」

リックは笑ってそう言った。

ブロストンはそんなリックの顔をマジマジと見つめてしばらく固まってしまう。

だが、しばらくすると呆れたように苦笑した。

「ふう……お前は、相変わらず師匠を驚かせるのが得意だな」

そして、ブロストンも親指を立てて傾けた拳を上げる。

「感謝する」

「それはこっちのセリフです」

「ふっ、言うようになったな」

そして……。

ブロストンとリックの拳が互いに合わさる。

直後、リックとブロストンは全魔力を身体強化に回し、お互いの拳を全力で振《ふ》りかぶった。


さあ、始めよう。

防御後退一切《いっさい》無し。

どちらかが倒れるまでただひたすらに殴り続ける。

ただそれだけのことを。

オークの文化を。

野蛮《やばん》な喧嘩を。

雄《おす》対雄の『拳比べ』を!!

直後、リックとブロストンの全力の拳が、互いのノーガードの顔面に直撃《ちょくげき》した。

第五話　拳比《こぶしくら》べ

音。

音である。

リック・グラディアートルとブロストン・アッシュオークが互いの顔面を打った轟音《ごうおん》が、今大会最大の大音量で闘技場《とうぎじょう》中に響《ひび》き渡《わた》った。

それはもはや、生物の体から出ていい音ではなかった。

水面に掌《てのひら》を打ち付ける音を数万倍に増幅《ぞうふく》させた音と金属同士を音速以上で激突《げきとつ》させた音を合わせたかのような、この世のものとは思えない激突音である。

当然、そんな激突をした生き物の体が無事でいられるはずはない。

一瞬《いっしゅん》で木《こ》っ端《ぱ》みじんに砕《くだ》け散《ち》り原形を残さないミンチと化すだろう。

だが。

リックは踏みとどまった、ブロストンも踏みとどまった。

大きくのけ反り、顔面から血しぶきをまき散らしながらも、その場に踏みとどまった。

それはもはや、この二匹《ひき》の生物がまともな生物の理《ことわり》を外れてしまっているということに他ならない。

しかも。

リックが踏《ふ》み込む。ブロストンが踏み込む。

そして、極限まで大きく拳を振りかぶり。


再び互いの無防備な顔面を全力で殴り飛《と》ばした。


再度発生する爆発《ばくはつ》のごとき打突音。

だが、男たちは踏みとどまる。そして、もう一度。

もう一度。

もう一度。

もう一度と。

何度も何度も、互いに拳を打ち付け合い続ける。

観客たちは突如《とつじょ》始まった殴り合いに唖然とするしかなかった。

いったい何をやっているんだアイツらは。

なぜそんな大振《おおぶ》りの攻撃《こうげき》を躱《かわ》さない？

なぜ、そんな大振りで単純なパンチだけ打ち続ける？

お前たちならもっと色々とできるだろう。いくつも敵の力を逸《そ》らし、攻撃を躱し、一方的に敵を打倒《うちたお》すための技術を持っているだろう？

しかし、すぐさま観客たちはそれどころではないことを知る。

「……あかんわ、こりゃ結界全く持たんで」

ミゼットがそう言った瞬間《しゅんかん》。

パキイと、結界が砕け散る音と共に、中から凄《すさ》まじい暴風が飛び出してきた。

リックとブロストンの防御を捨てた全力の殴り合いは、最高レベルの結界魔法《まほう》をその余波だけで軽く粉砕《ふんさい》してしまったのである。


「うおお!!」

「な、なんだあ!!」

「な、何かに捕《つか》まれ！　吹《ふ》き飛ばされるぞ!!」

観客たちは台風にでも巻き込まれたかのように吹き飛ばされ、阿鼻叫喚《あびきようかん》の渦《うず》に巻き込まれる。

一方、舞台の方では二人の雄が殴り合いを続ける。

もっと強く踏み込め、もっと強く拳を握れ、と刻一刻と互いの拳の威力《いりよく》は増すばかり。

やがて、その余波は風どころか触《ふ》れたものを破壊《はかい》する衝撃波《しようげきは》にまでその破壊力《はかいりよく》を上げていった。

もはやリックとブロストンのノーガードの殴り合いは、衝撃《しようげき》の余波だけで会場を吹き飛ばしかけていた。

観客たちは観戦どころではない。みな我先にと観客席の最後尾《さいこうび》や外に避難《ひなん》する。

最前列にいた観客防衛班のデイビットたちも、もはや自分の手に負える事態ではないと後方に避難し始める。

しかし、そんな中。

「す、スネイプ運営委員長!!　何をしてるんですか!!」

スネイプ・リザレクトはその場にとどまろうとしていた。

姿勢を低くして身を打ち付ける衝撃波に必死で耐えながら、その視線は舞台の上で殴り合う二人に注がれている。

気でも触れてしまったのか？　とデイビットは必死に呼びかける。

「ここは危険です。アナタも早く……ッ!!」

その時。


「まあ、そう言うなよ」


そう言って、デイビットの肩《かた》を叩くものがいた。

ケルヴィンである。さすがは超一流《ちょういちりゅう》の『拳闘士《けんとうし》』といったところか。この衝撃波の嵐《あらし》の中でも、どこにも掴まらずに両足の踏ん張《ば》りだけで立っていた。

「アンタには分からねえかもしれねえけどよ、スネイプのやつだって元は『拳闘士』なんだ。ほっといてやりな」

「そ……それは、どういう」

「だから、分かんねえって。ほら、アンタは下がって後ろの方に避難した観客たち守れよ。それが仕事なんだろ？」

訳が分からないといった様子のデイビットを後目《しりめ》に、ケルヴィンはスネイプのいる最前列に歩いていく。

ここまで来ると、さすがにケルヴィンもどこかしらに掴まらないと立っていることができなかった。引退してしばらく経《た》つスネイプにとっては、その場に踏みとどまるだけでも苦しいはずである。

しかし。スネイプはその場を離《はな》れようとしない。

「……たまらねえよな。あんなもん見せられたらよ」

ケルヴィンは独り言のような口調でそう言った。

会場を見渡《みわた》せば、スネイプ以外にも何人か同じように吹き飛ばされぬよう必死に何かにしがみ付きながら、最前列に居座《いすわ》るものがいた。

彼《かれ》らは皆《みな》『拳闘士』や熱心な『闘技会《とうぎ》』のファンだった。

「……私は」

スネイプは言う。

「弟を見て自分の才能の無さを思い知って、若いうちに『拳闘士』を諦《あきら》めました。そして、政治と謀略《ぼうりゃく》の世界に自らの戦いの場を移しました。それ自体は、いい選択《せんたく》をしたと思っています。人は自分の適性のあるところで生きるのがベストですから……」

でも。

それでも、とスネイプは続ける。

「本当は、理想だけを言うのなら。私も……いや、俺《おれ》も、ああいう風になりたかったんだ」

強く、真っすぐに、己《おのれ》の肉体に宿る強さを信じて真正面から戦い勝利する。

それは『拳王』の伝説、その肉体と拳一つで国を守り、全《すべ》てを切り開いた男に憧《あこが》れた『拳闘士』という男たち全ての幼い理想であり。年を経ると共に現実に打ちのめされて諦める儚《はかな》い夢である。

自分より強い者を前にして、敗北を知り、技術を覚え、限界を知り、やがて戦わない術《すべ》を覚える。

そういう自然の摂理《せつり》がある。

だからこそ、あの姿が眩《まぶ》しい。

真っすぐに、全てを捨てて一心に殴り合う二人の最強のファイターから目が離せない。

自分があなれないことなど、もう分かってしまっている。

だけど、だからこそ。

今この一瞬は、できうる限り近くで見たいのだ。

幼き日の『誰《だれ》よりも強くなりたい』という熱い夢の続きを。

□□□

殴っている。

殴られている。

互いに一心に。

ブロストンは戦いの中で歓喜《かんき》を感じていた。

初めてのことである。生来の優秀な頭脳を空っぽにしてただ無心で殴り合う。

何とバカバカしく、なんと血の熱くなることか。

目の前の自分が育てた男はブロストンの強靭《きょうじん》な肉体にも重く響く拳を放ってくる。

そして、逆にブロストンの拳を受けても、体勢を立て直して再び殴りかかってくるのだ。

ああ、なんと、自分は素晴らしい弟子《でし》に恵《めぐ》まれた。

感謝がつきない。

こんな狂気《きょうき》的なワガママに付き合ってくれることが嬉《うれ》しくて仕方がないのだ。

(もっと、もっとだ)

もっと強く拳を振れ。

それだけを考えろ。

孤高の灰色オークは歓喜していた。

そして、リックはブロストンの拳を受けながら、改めて思う。

（ああ、ほんとに……）

ほんとにすげえよ。この人は。

初めて真っ向から拳を受けて思う。

一撃一撃《いちげきいちげき》が今まで受けた衝撃の最高記録を毎回更新《こうしん》していく。

毎秒ごとに意識が飛びそうになるし、気を抜いたら一瞬で体がバラバラに砕けそうだ。

肉体の極限などとうに過ぎているが、決して拳を止めないしブロストンの拳も躱さない。

こっちの拳はちゃんとダメージが通っているだろうか？

手応《てごた》えはある。

この二年間鍛《きた》え続けた体は全力をもってリックの暴拳に応《こた》えてくれる。

……しかし、どうにもし難《がた》い事実が一つ。

「……がっ」

ブロストンの拳を腹に叩き込まれたリックから苦悶《くもん》の声が漏《も》れる。

そう、単純な拳の威力がブロストンの方が明らかに強いのだ。

その圧倒的な恵体《けいたい》とパワーから放たれる巨大《きょだい》な拳は、一撃《いちげき》ごとにリックの芯《しん》を揺《ゆ》さぶる。

根本的な体格とパワーの差である。

このままでは、水が上流から下流に流れるかの如く敗北する。そのまま黙《だま》って負けるわけにはいかない。

ならば、作戦を変更《へんこう》するか？

ブロストンの攻撃を躱すかいなすかして、再びヒットアンドアウェイを駆使した戦いに持ち込むか？

否《いな》。

それこそ断じて否である。

この戦いは正面から打ち合ってこそ、正面から打ち勝ってこそ意味を成すのだ。

ならば、できることなど一つしかない。

「おおお

おおおおおおおおおおおおおおお!!!!」

獣《けもの》のごとき咆哮《ほうこう》と共にリックは極限の肉体にさらに鞭打《むちう》ち、限界を超《こ》えて連続で拳《こぶし》を繰《く》り出した。

威力で劣るなら回転数を上げるのみ。当然無茶な体の酷使《こくし》だ。筋肉は悲鳴を上げ、骨は軋《きし》む。

だが、知ったことではない。それでも手は止めない。

リックの無《む》尽蔵《じんぞう》のスタミナと残存魔力《まりよく》の全てを出し切って放った渾身《こんしん》の連撃は、たった数秒にして三桁《けた》に達する拳をブロストンに打ち込んだ。しかも、一発一発の威力は下がるどころか先ほどまでより強い。

ブロストンを中心に瞬間三百発の拳による衝撃波の大爆発《だいばくはつ》が巻き起こる。

連撃による衝撃波で、いよいよ舞台を囲んでいた闘技場の壁《かべ》が崩《くず》れ去《さ》った。

自らの師であることなどお構いなしに殺すつもりで放った攻撃だ。

……しかし。

（ああ、ほんとになんなんだよこの人は……）

「……素晴《すば》らしい連撃だったぞ、リック」

ブロストンはそれを受けてなお不倒《ふとう》。

それどころか大きく返しの拳を振りかぶっていた。

体力の尽《つ》きたリックにそれを躱す術はなく。

突《つ》き刺《さ》さるブロストン渾身の拳がリックを吹き飛ばした。

まるで一筋の閃光《せんこう》のごとき速度で一直線に吹っ飛ぶリック。

ゴシャアアアアアアアアアアアアアアアアアアアアアアア!!

という盛大な音と共に、倒壊《とうかい》を免《まぬが》れていた舞台を囲む壁の一部に激突し深々とめり込んだ。

□□□

あまりの衝撃に、リックが激突した周囲の観客席ごと闘技場の建物そのものの一部が崩れ去った。

「……が、はっ」

リックはおびただしい量の血液を吐血《とけつ》する。

内臓の大半が今の一撃で粉砕された。

もはや完全に戦闘《せんとう》不能。

リックは体に力を入れようとするが、指先一つ動かない。

仮に起き上がれたとしても意味はないだろう。

先ほどの連撃で魔力はほぼゼロだった。身体強化を維持《いじ》することすらできない。

（……ははは、ここまでか）

リックはそう自嘲《じちょう》した。

まあいい、むしろあのブロストンを相手によくぞここまでやったと自分で自分を褒《ほ》めたい気持ちである。

リックは何とか目線だけ動かしてブロストンを見る。

（ブロストンさんも……これで満足だろうしな……）

これでいい。

しかし。

そんなことを考えていたリックを見下ろしながら、ブロストンはこう言った。

「素晴らしい戦いだったぞ。お前のような弟子を持てたことを、これまでの全てに感謝したい」


ブロストンとしては最大の感謝と敬意をもって言った言葉だろう。

だが、その言葉に。

リックの動かなくなった体がピクリと反応した。

ブロストンは言ったのだ。「お前のような弟子を持てたこと」と。

ああやっぱり、まだそうなのか。

つまりそれは、ブロストンの望んだ兄弟のような対等なケンカ相手ではなく。

あくまで自分は弟子であるということ。

(まあ……そりゃそうだよな)

当然だ。

なにせ自分はブロストンのもとでブロストンのプラン通りに強くなったに過ぎないのだから。

そんな間柄《あいだがら》が対等だろうか？

それは……きっと違《ちが》う。

それじゃあ、ブロストンの本当の望みに届かない。

（それは、嫌《いや》だな……）

と、素直《すなお》に思う。

感謝してもしきれない恩人の願い一つ叶《かな》えてやれないような、そんなカッコ悪い人間になりたくないとリックは強く思った。

（……それにしても分からないよなあ）

ふと、そう思った。

リックはブロストンのように生まれながらに周囲と隔絶《かくぜつ》するほど強いわけではない。むしろ、自分に力があれば夢を追えるのにと、悔《くや》しい思いをしてきた人間である。

だから、こんなに強くて頭が良くて一体何をそんなに悩《なや》むんだと正直思ってしまう。

でも。

それでも。

リックには、口うるさいけどちゃんと両親がいたし、男ばっかりだけど友達もいた。あまり後味よくない別れ方をしたけど彼女《かのじょ》だっていた。

皆が皆、ちゃんとリックを同じ人間として接してくれていた。

そんな当たり前のことを、仮に一度も経験したことが無かったとしたら。

「……それはきっと……寂《さび》しいことだと思うから……」


ありったけの感謝を込めて、この体に再びムチを打とう。

さあ立て、リック・グラディアートル。

俺の体は夢を叶えるためのものだ。

だが、しかし。

夢を叶えたときに一緒《いっしょ》に喜んでくれる仲間のために動けなくてどうする!!


リックの体に僅《わず》かだが力が籠《こも》る。

それを見て、ブロストンが目を見開いた。

本来ならありえないことだ。

体力も魔力も尽きたはずなのにいったい何が原動力になったのか?

答えはたった一つ、『意志の力』に他《ほか》ならない。

そして。

理屈《りくつ》でも何でもないそんなふざけた精神の力が、リック・グラディアートルのあの力を呼び覚ます。

発動条件は揃《そろ》った。

さあ、今こそ!!

固有スキル『蛮勇覚醒《レクレス・ソウル》』発動。

□□□

『ヘラクトピア』の空に、一筋の赤い光の柱が伸《の》びた。

『中央拳王闘技場』から発生したその赤い光の発生源はリック・グラディアートル。

リックの全身から可視化するほどの高密度の魔力が溢《あふ》れ出したのである。

条件発動型固有スキル『蛮勇覚醒』。

その効果は「自らの限界を超えて強敵に挑《いど》むと決めた時、一時的に魔力を爆発的《ばくはつてき》に増大

させる」というものだ。

間違《まちが》いなくリックがこれまで戦った中で最強の敵を前にして、その条件が満たされたのである。

リックは瓦礫《がれき》の山から跳《は》ね起《お》きると、上昇《じょうしょう》した魔力を全て一滴《てき》残らず身体強化に回した。

そう、魔力が上昇しようが、やることは変わらない。

「ただ……正面から真っすぐに!!」

そして、弾丸《だんがん》のように踏み込み一瞬にして舞台の上に戻《もど》ると、再びブロストンと殴《なぐ》り合いを始めた。

「はあ!!」

「むん!!」

何度もそうしてきたように、何度も何度もお互《たが》いの全力の拳を相手に叩きこんでいく。

しかし、明確な変化があった。

「……ぐっ」

今度はリックの拳も一撃ごとにブロストンの体の芯を大きく揺さぶっているのだ。

ブロストンは驚《おどろ》いていた。

リックの固有スキルは、厳しい発動条件がある上、発動したら一気に本来ならありえない量の魔力が出て制御《せいぎょ》が不能になり、仮に制御できたとしても使用後は数か月以上行動不能になるというあまりにもピーキーなものである。だからこそ、使用を禁止していたはずだからである。

仮に使えたとしても、初めて使った時のように豪快《ごうかい》に魔力をぶちまけることしかできないはずなのだ。

しかし、目の前のリックはその暴れ馬を見事に使いこなしているではないか。

全て余すことなく身体操作に回すなど並大抵《なみたいてい》の『魔力操作』能力ではない。

これは自分のプランになかった。

（そういえば、夜コソコソとミゼットのやつと一緒になにかしているのを何度か見たな……）

まさか固有スキルの操作を練習していたというのか？

あの、地獄《じごく》の訓練の合間に？

（全くこの男は……）

リックは今、ブロストンの……師匠《ししょう》の予想を超えた。

だからこそ、ここからは本当の意味で。

弟子と師匠ではなく。

リック・グラディアートルとブロストン・アッシュオークの戦いである。

「おおおおおおおおおおおおおおおおおおおおおお!!」

ブロストンが咆哮と共に拳を放つ。

「だあああああああああああああああああああああ!!」

リックも声の限りに叫《さけ》び、全力で拳を打ち付ける。

いよいよこれで最後だと互いに残る力を振り絞《しぼ》って殴り合う。

殴って。

殴られて。

殴り返《かえ》して。

殴り返す。

防御《ぼうぎょ》はしない、後退はしない、回避はしない。

ただただ、拳を振るう。

ここに来てブロストンとリックの拳が一撃ごとに相手に与《あた》えるダメージが並んだ。

増幅した魔力を惜《お》しげもなくつぎ込んだリックの拳は、ブロストンとのパワーと体格の差を完全に埋《う》めたのである。

……であれば。

この勝負はどちらが先に膝《ひざ》をつくかという我慢《がまん》比べであり。

そうなれば勝敗は決したようなものだ。

何せリック・グラディアートルという男は、ブロストンの作った『絶対に不可能』なはずの地獄の訓練に耐《た》えきってしまった男なのだから。

そんなリック以上に我慢強《がまんづよ》い人間など、この世界に存在しないのだから。

リックは歯を食いしばり、ただただ無心で拳を振るう。

そして……その時は訪《おとず》れた。

少しずつ。

少しずつだが、リックが押《お》し始めたのだ。

□□□

「ゆ、油断しましたわ……」

スネイプと同じく最前列にいたアンジェリカだったが、二人の殴り合いが始まった瞬間、驚きのあまり立ち上がってしまったため、風圧をモロに受けて観客席の一番後ろまで吹っ飛んでいた。

アンジェリカはなんとか起き上がると、身を打つ衝撃波に耐えながら少しずつだが、最前列に戻っていく。

そう、アンジェリカもやはりこの戦いを間近で見たいのだ。

「ははは、ホントどういう神経をしているのか、疑いますわねあの男は」

アンジェリカは舞台《ぶたい》で殴り合う二人を、正確にはリックの方を見てそう言った。

いまリックが真正面から殴り合っているのは、自分よりも遥《はる》かに体格が上回る相手である。普通《ふつう》ならその時点で正面に立つだけでも恐《おそ》ろしいはずだ。

しかも、相手はブロストン。リックはその恐ろしさと強さを骨の髄《ずい》まで理解しているはずなのである。

だが。

あの男は立ち向かうのだ。

真っ向から。

アンジェリカなら恐怖《きょうふ》で身がすくみ、苦痛を避《さ》けて二度と相手をしたくないと思ってしまう相手に。

まあ、考えてみれば当然だろう。

あの男は、死にながら強くなるというトレーニングを二年間続けた男なのだから。多少の葛藤《かっとう》はしようが、最終的には立ち向かうなど当然のことだった。

それが自分にはできないことだというのは、つい先日思い知ったばかりだった。

しかも、今まさにその狂気的とも言える蛮勇《ばんゆう》が、最強の敵を打ち破ろうとしているというのだ。まったくもってたまったものではない。

たぶん、アンジェリカは一回だけなら立ち向かえる。

一回だけ覚悟《かくご》を決めてケタ違いの恐怖と苦痛に立ち向かうことはできる。それだけでも一般的《いっぱんてき》に見れば十分に称賛《しょうさん》されることだろう。

しかし、何回もやれと言われると厳しい。ましてや毎日など不可能にも程《ほど》がある。

だから、アンジェリカはあそこに至れない。常識的な精神ではリックのいるあの領域に至れない。

だが……。

「それでも」

諦めたくはない、とアンジェリカは思うのだ。

少なくとも人より多少は根性《こんじょう》があるのだから、その根性でできることを模索《もさく》するしかない。

なに……強くなる道は一つじゃない。

いずれ追いつこう。超天才《ちょうてんさい》でも狂人《きょうじん》でもないアンジェリカなりのやり方を見つけて。

そんなことを思いながら最前列の近くに来た時、一人の男の姿が目に入った。

ケルヴィンである。

この爆風《ばくふう》の中で手すりに捕まっているとはいえ、唯一《ゆいいつ》立って観戦しているので、自然と目につく。

ケルヴィンも舞台での殴り合《あ》いを見ていた。

正確には……こちらはアンジェリカとは逆に、弟子と殴り合う二日前の対戦相手を見ていた。

そして一言。こう呟《つぶや》いた。

「……よかったな、最高だよな、ブロストン」

□□□

孤高《ここう》の灰色オークは歓喜していた。

自らを打ち付ける拳は刻一刻とその威力を増し、逆に自らの拳は少しずつその勢いが衰《おとろ》えてくる。

それでもブロストンは無心で拳を振《ふ》るう。

対策など関係ない。ただただ無心で拳を振るうのだ。

いつの間にか、普段《ふだん》は新しい理論や歴史の解釈《かいしゃく》を考え続けている脳は真っ白になっていた。

そんな真っ白な思考の中に、あの光景が浮《う》かぶ。

昔見た光景。

兄弟たちが歯をむき出して、何も考えずどちらかが倒《たお》れるまでひたすらに殴り合う。オークという種の家族や兄弟を象徴《しょうちょう》する光景である。

自分のような「異物」は決して交わることのできない世界。

……そして気づく。

ただ拳を振るう自分がいて、そんな自分に向かってくる相手がいる。

この瞬間。

(ああ、見ているか。父上、兄弟たちよ)

自分も確かに、あの光景の中にいると。

（オレに今……家族がいるぞ）


ブロストンの今日何発目かも分からない拳が、リックの顔面に突き刺さる。

リックはそれを真っ向から受ける。

だが倒れない、そして……。


返しで放たれたリックの本日最高の一撃がブロストンに突き刺さった。


「……はあ、はあ」

全てを出しきったのか、リックはその場に立ち止まり肩で息をする。

そして……。

「……リックよ」

ブロストンの巨体《きよたい》が……グラリと揺れた。

「『オリハルコン・フィスト』に来てくれたこと、心底から感謝する」

「俺からも、ありがとうございました。アナタのおかげで俺はここまで来られた」

「自分を誇《ほこ》れ。それは……諦めないというお前の力がそうさせたのだからな……」

ズドン、と。

ブロストンの巨体がリングに倒れ伏した。

「……」

「……」

「……」

会場に残った観客たちは、沈黙《ちんもく》してその様を見ていた。

やがて、リックが拳を天高く突き上《あ》げると大歓声《だいかんせい》が巻き起こった。

試合終了《しゅうりょう》。

第108回『拳王トーナメント』。優勝は……リック・グラディアートル!!

第六話　祭りの後

決勝戦の翌日。

『ヘラクトピア』中を驚きのニュースが駆《か》け巡《めぐ》った。

リック・グラディアートルとブロストン・アッシュオークが、大会を辞退し『闘技会』から登録を抹消《まつしょう》したのである。

手続きは先日のうちにスネイプを介《かい》して済ませてしまったらしく、当のスネイプはしばらく関係各所や記者団たちに追われて寝《ね》る暇《ひま》もないだろう。

スネイプにとっては今回の『拳王トーナメント』は、財産の多くを失ったり決勝戦の観戦中に最前席に留《とど》まろうとしたせいで飛んできた瓦礫《がれき》にぶつかって足を骨折したりと散々なものだった。

「まったく……困った方たちでしたよ」

しかし、その表情は非常に晴れやかで楽し気なものだった。

□□□

丁度スネイプが後処理に駆け回《まわ》っているころ。

一台の馬車が『ヘラクトピア』の国境を越えたところだった。

かなり大きめの馬車である。乗っているのは五人。リック、リーネット、ブロストン、ミゼット、アリスレート、つまり『オリハルコン・フィスト』のメンバーである。

リックは馬車の中で、手に持った黄色い宝石を見つめていた。

「これが二つ目の『六宝玉《ろくほうぎょく》』、『王黄《おうき》』かあ」

『王黄』からは薄《う》っすらとだが可視化された魔力が放たれており、尋常《じんじょう》な代物《しろもの》でないことを改めて実感する。

「しかし、よかったのかなあ。授賞式くらい出たほうがよかったんじゃ」

リックはそんなことを呟いた。

「いや、アレでよかった。我々は元々部外者だからな」

そう言ったのは腕《うで》を組んで座《すわ》っているブロストンである。

昨日の戦いの後、特に何かが変わるということはなかった。相変わらず肺まで響《ひび》くような厳粛《げんしゅく》な声で話している。

だが……。

「それに、ゆっくりしている暇はないぞ。次の『六宝玉』を探さないとな」

少しだけ、表情が柔《やわ》らかくなった。そんな気がするリックだった。

「そうですね……」

リックは後ろを振り返る。

先ほどまでいた『ヘラクトピア』が見える。

リックは『闘技会』でのことを思い返した。

『拳王』になるという夢にかける『拳闘士《けんとう》』たちが日夜戦いを繰り広《ひろ》げ、周囲の人間もそれに熱狂《ねっきょう》する熱い国だった。

まさか自分が『拳王トーナメント』に出ることになるとは思わなかったが、今一度、夢にかける熱さを思い出すことができた。

（……こういう、思いもしないことを体験できるのも、冒険者《ぼうけんしゃ》の醍醐味《だいごみ》だよな）

事務員として過ごしていたら、きっと味わうことができなかったに違いない。

「ありがとう、『ヘラクトピア』。今度はファンの一人として『拳王トーナメント』を見に行きたいなあ」

□□□

「……というわけで、ギース選手も試合後早々に登録を抹消して帰ってしまっているので、ケルヴィン選手、アナタが繰り上げで四連覇《れんぱ》ということになります」

「な、なんじゃそりゃあ⁉」

スネイプからの報告を受けて、『レッドリングス』のオーナー、アポロンは声を上げた。

場所は『レッドリングス』の本部である。

隣《となり》にはケルヴィンもいた。

ちなみに、優勝予想などの賭《か》け金《きん》に関しては昨日の時点で支《し》払《はら》われたため払《はら》い戻しはできなかったようである。そのためリックに賭けていたニックは一生遊んで暮らせる分の配当を手に入れたが、「リック選手が優勝しても辞退するとは予想できなかった。俺の選手を見る目もまだまだだなあ」と少し悔しそうにしていたとのことである。

「というわけで、ケルヴィン選手。こちらが先日登録抹消の手続きの時にリック様から返還されたチャンピオンベルトです。防衛おめでとうございます……と言った方がいいかは分かりませんがね」

スネイプは苦笑《くしょう》しながら、ケルヴィンにチャンピオンベルトを渡《わた》した。

ちなみに、チャンピオンベルトの中央に付いた黄色い宝石は、しっかりと別のものに付《つ》け替《か》えられていた。見た目はほとんど変わらないし、どういう仕掛《しか》けか可視化された魔力光と似たような光を放っているが、何度も間近で見てきたケルヴィンには全く別のものであることが分かる。

ケルヴィンはスネイプからチャンピオンベルトを受け取った。

そして。


「……ククク、はははははははははははははは!!」


ケルヴィンは声高々に笑った。

「お、おい。ケルヴィン?」

長年ケルヴィンを見てきたが、ここまでの大爆笑《だいばくしょう》は初めて見るアポロンである。

もしかして、繰り上げ優勝の屈辱《くつじょく》でおかしくなってしまったのか?

と思ったが。

「ホントに、最後まで退屈《たいくつ》させない奴《やつ》らだったなあ」

名残惜《なごりお》しそうにそう言うと、「いつも通り、本部に飾《かざ》っといてくれ」とチャンピオンベルトをアポロンに手渡《てわた》して、本部の出口の方に歩き出した。

「どこ行くんだケルヴィン？」

「ロードワークだよ。今度アイツらに会った時は倒してやるって決めてんだ」

子供のような無邪気《むじゃき》な顔でそんなことを言うケルヴィンを見て、アポロンはため息をついた。

「はあ……あんまり強くなってくれるなよ。打倒《だとう》ケルヴィンを掲《かか》げてる他の団体が困るぞ」

「そいつは無理な相談だぜ」

そう言ってケルヴィンは走り出した。

□□□

ケルヴィンはアップがてら少しゆっくり走りながら、町の声に耳を傾《かたむ》ける。

やはり、話題はリックやブロストンのことでもちきりだった。

良くも悪くも大層な盛り上がりである。

まったくもって、来年からこれ以上の盛り上がりを期待されるこちらの身にもなってほしいものである。

しばらく走ると、見覚えのある人間がいた。

確かあそこにいるのは、リックとよく一緒にいたアンジェリカ・ディルムットという『拳闘士』だ。容姿《ようし》端麗《たんれい》の女ファイターであることや、『王国』の騎士団《きしだん》の制服を着ていること、そして何よりスピードを活《い》かした戦い方は見るものがあり、将来かなりできるようになると見込んでいたのである。

ケルヴィンはアンジェリカの前で立ち止まると言う。

「よう。聞いたか？　アイツらの話」

アンジェリカはケルヴィンに特に臆《おく》する様子もなく答える。

「ええ、ふざけた話ですわ」

アンジェリカは少し不機嫌《ふきげん》そうにそう言った。

「ベスト8から優勝準優勝決めるそうだぞ。お前も噂《うわさ》じゃアイツらと同じで、事情があって戦ってたから『拳闘会』に残るつもりは無いんだよな？　どうするんだ？」

ケルヴィンの言う通り、アンジェリカはこの大会には政略結婚《けっこん》を阻止《そし》するために参加していた。スネイプの刺客《しかく》であるギースが敗北した以上は、『王国』に帰って騎士団としての職務と生家であるディルムット家のために再び尽力《じんりょく》する日々に戻るのである。

しかし。

「出ますわよ」

アンジェリカの返答に意外そうな顔をするケルヴィン。

「まあもちろん、終わったら騎士団に戻りますが……今は戦いたくて仕方ありませんわ。あんな戦いを見せられては、腕が疼《うず》いてしかたないですもの」

そう言ったアンジェリカの瞳《ひとみ》には熱いものが滾《たぎ》っていた。

どうやら、あの決勝戦の殴り合いで熱い熱を灯《とも》されたのは自分だけではないらしい。

「ははは、そうかいそうかい。欲言えばアンタは見込みあるから残ってほしいんだけどなあ」

ケルヴィンが少し残念そうにそう言った。

その時。

ケルヴィンは正面から歩いてきたある一団が目に留まる。

驚くことにアンジェリカと同じ、騎士団服に身を包んだ集団だった。

(なんで『王国』の騎士が、こんなところにいやがるんだ?)

しかも、騎士団の制服に装飾《そうしょく》の付いた肩掛《かたか》けをつけている人間が何人もいた。

確か前に『王国』出身の『拳闘士』から聞いた話では、肩掛けは一等騎士の証《あかし》だということだ。そんなお偉《えら》いさんや実力者が揃いも揃っていったい何をしているんだ？

騎士団の集団がケルヴィンとすれ違った。

その瞬間《しゅんかん》。


「————!!」


ケルヴィンの野性的な本能が尋常ではない存在を感じ取った。

騎士団《きしだん》たちから……いや、正確には騎士団服たちに囲まれるように歩いている、ローブを被《かぶ》った一人の少年から。

（なんだありゃ……）

冷《ひ》や汗《あせ》が流れる。

ヤバい。

アイツはヤバい。

ブロストンやリックと言った、怪物《かいぶつ》たちをつい最近まで間近で見てきたが、アレはまた違ったベクトルの怪物だ。

集団の位置取りを見るに、一等騎士たちはこの少年の護衛だろう。だが、ケルヴィンからすればコレを護衛するなど税金の無駄遣《むだづか》い以外の何物でもないと感じた。

ローブの少年はふと気づいたように、ケルヴィンの方を、ではなく隣にいるアンジェリカの方を向いた。


「やあ、アンジェリカ嬢《じょう》。王城での社交界以来だね、こんなところで会うなんて」


個性のない、と言ったらいいのだろうか？　誰《だれ》が聞いても「どこかで聞いたことがある」と感じるような、逆に耳に残る声だった。

「あ、アナタは……」

普段は気の強いアンジェリカが、自然な挙動で膝をついて頭を下げた。

「お久しぶりです。なぜ、特等騎士であるアナタがここに？」

「んー、近くで仕事があったからちょっと気まぐれで観光に。でも、お祭りは終わった後みたいだね。僕《ぼく》は運がないなあ」

少年は残念そうにそう言って、周囲の騎士たちはこの方には困ったものだと肩《かた》をすくめた。

エピローグ　『六宝玉』が示す次の場所

ビークハイル城はレストロア領の森に囲まれた山の頂上にある廃城《はいじょう》である。

そこは現在、リック・グラディアートルが所属するパーティ『オリハルコン・フィスト』の集会場となっている。

その客間にはリックを含《ふく》め五人のパーティメンバーが集まっていた。

「準備できたでー」

テーブルの上に大きな紙を広げ、なにやら魔法陣《まほうじん》のようなものを描《か》き込んでいたハーフ・ドワーフのミゼットが全員に向けて声をかけた。

『オリハルコン・フィスト』の面々がテーブルの前に集まる。

テーブルの上には、『拳王《けんおう》トーナメント』で手に入れた二つ目の『六宝玉《ろくほうぎょく》』が置かれている。

「じゃあ、いくで」

ミゼットが大きな紙の上に置いた『王黄《おうき》』に魔力《まりょく》を送る。

「十六方位の風、天地人の水、未来と現在と過去の光、放浪《ほうろう》する我らの行く末に先達《せんだつ》の一筆を賜《たまわ》らん」

今から行うのは『六宝玉』の共鳴である。

『六宝玉』は百日間に一度活性化した状態になり、活性化状態のそれを介して地形の複写魔《ま》法《ほう》を行うと、性質の近い他の『六宝玉』の場所を示すのである。

「第六界綴魔法《かいていまほう》『アース・マッピング』」

ミゼットの魔力が『王黄』を伝って、魔力複写紙に流れていく。

魔力の流れた部分に黒い線が現れ、見る見るうちに地図を描《えが》き出《だ》していった。

「む？　この地形と建物……」

描き出されていく地図を眺《なが》めてブロストンが眉間《みけん》に皺《しわ》を寄せる。

「なにか、心当たりがあるんですか？」

「ああ、しかし何でこんな場所に『六宝玉』が？」

「よし、複写完了《かんりょう》や」

リックは完成した地図をのぞき込む。

全体的に見ると、王都中央ほどではないが、そこそこに発展した町のようである。星印が記された『六宝玉』があるであろう場所は大きな建物である。運動場のような広い平野がいくつもその周囲にある。そして、その周りを囲むようにして川が流れていた。

「あー、俺《おれ》もこれどっかで見たことあるかもですね。えーと、確かギルドの受付の新人研修かなんかで……あっ」

分かってしまった。

これはだいぶやっかいな場所である。

リーネットも分かったようで眉《まゆ》をひそめて言う。

「王立騎士団東部支部管轄《かんかつ》地、騎士団新入団生研修学校。いわゆる、『騎士団学校』の一つですわね」

「やっぱりか……」

王立騎士団は国の警察警備を司《つかさど》っている。要するに、お上の管轄地であった。

リックは他のメンバーに尋《たず》ねる。

「どうしましょうか？　さすがにこれじゃあ気安く調べて回るわけにも……」

「よっこいしょ」

ガシャン。

「……ミゼットさん。なぜ、Eランク試験の時に見た黒い鉄の塊《かたまり》に弾《たま》を込めているんですか？」

「え？　だって場所分かったし。あとは全部ひっくり返して探すだけやろ？」

だって、ではない。

「よーし、ブロストンくーん。お弁当にはエッグサンドいれといてねー」

「ふむ。騎士団か手応《てごた》えがありそうだ（ポキポキ）」

「あんたら、前から思ってたけどやっぱアホだろ!!　ネジがどっか別の次元にぶっ飛んでるだろ!!　相手は国の重要機関なの!!　もっと穏便《おんびん》な方法を考えんかい!!」

「ふむ。まあ、強行突破《とつぱ》はいつでもできるからな。最後の手段としてとっておくべきだ、というリックの意見にも一理ある」

おかしい。とリックは頭痛のしてきた頭を押さえた。

リックは「とっておこう」などとは一言も言った覚えはないはずなのに……。

「ではなにか、代案はあるのかリックよ」

「え？　代案ですか。んー、まあとりあえずは何とか潜入《せんにゆう》して『六宝玉』の場所とかの情報を集めるしか……例えばですけど誰かが持っていて、交渉《こうしよう》で譲《ゆず》ってもらえるとかもあるかもしれませんしね。まあ、どう潜入していいかは分からないですけど」

「ふむ。潜入の方法か」

ブロストンは顎《あご》に手を当てると……ニヤリと笑《え》みを浮かべた。

「ふふふ、リックよ。よい案がある」

リックの背筋を強烈《きょうれつ》な悪寒《おかん》が駆け抜《ぬ》ける。ブロストンがあの顔をしたときは、間違《まちが》いなく何かろくでもないことを思いついた時である。

「まずは、ミーア嬢のところに頼《たの》みごとをしにいかねばな」

「ミーア嬢？」

リックの疑問に答えたのはリーネットだった。

「そういえばリックさんは初めてでしたね」

リーネットがリックに説明する。

「ミーア・アリシエイト・レストロア侯爵《こうしゃく》。数年前に亡《な》くなった両親から若くしてその座を受《う》け継《つ》いだレストロア領の領主の方ですよ」

□□□

「やっぱ侯爵家だけあって、でかい屋敷《やしき》だなあ」

リックは目の前の大きな建物を見てそう言った。

ビークハイル城から馬車に乗って丸一日。レストロア領の領主であるミーア・アリシエイト・レストロアのすむレストロア邸《てい》の前に来ていた。

「さて、さっさと用件をすませるか」

「ミーアちゃん、元気にしてるかなあ」

「あの嬢ちゃん見るたびに発育良くなってるから楽しみやで」

ブロストン、ミゼット、アリスレートの三人も一緒《いっしょ》である。リーネットだけは城で留守番をしていた。

「ん？」

リックは入口の門の前で、商人らしき人物が二人の門番に対して何か話していることに気が付いた。

「いえいえ、別に悪いことしようってんじゃないです。ただ私は商売を」

「ここから先は、領主様のお屋敷である。一般《いっぱん》の市民は通ることを許されない」

「用件があれば我々が言伝《ことづて》する。招待客である場合は招待状を見せろ」

取り付く島もなく商人を帰らせようとする門番たち。

しかし、それで引く商人ではなかった。

「まあ、そんなこと言わずに、北の方から仕入れた素敵《すてき》な陶磁器《とうじき》があるんです。領主様のお眼鏡にかなえば」

「うるさい。ダメだと言ったらダメだ」

「ぐふっ!!」

門番がしつこく食い下がる商人を蹴《け》り飛《と》ばした。

「今すぐ去れ!! さもなくば騎士団に引《ひ》き渡して豚箱《ぶたばこ》に放《ほう》り込むぞ!!」

「くっ……ちっ、融通《ゆうずう》の利《き》かない連中め」

腹を押さえながらその場を去っていく商人。

中々に厳しい警備体制のようである。

まあ、身分の高い人の住むところだし当たり前と言えば当たり前なのだが。

「それで、どうやって中に入れてもらうんですか？ 招待状もってるわけでもないでしょうし」

リックの疑問にブロストンが答える。

「ああ、大丈夫《だいじょうぶ》だ。俺たちはあの屋敷の人間たちとは知り合いだからな。快く通してもらえるさ」

「なんだよかった」

そんなことを話しながら門の前まで進むと、二人の警備の兵士たちがリックたちの行く手を遮《さえぎ》った。

「ここから先は、領主様のお屋敷である。一般の市民は通ることを許されない」

「用件があれば我々が言伝する。招待客である場合は招待状……を……」

兵士たちが急に言葉を詰《つ》まらせ、ブロストンを見た。

「ふむ。久しぶりであるな。ミーア嬢は元気か？」

「ぶ、ぶぶぶぶぶぶ、ブロストン様あ!?」

「ほ、他《ほか》の『オリハルコン・フィスト』の方々も……こ、こここここここれは失礼いたしましたああああああああああああああ!!」

凄《すさ》まじい狼狽《ろうばい》っぷりである。

国王が急に訪ねてきてもここまでにはなるまい。

いったい、以前に何があったというのだろうか……この二年で痛感していることだが『オリハルコン・フィスト』は知名度が高いわけではない。しかし、その存在を知っている人々からは、魔王《まおう》か何かのごとく恐れられているのである。

まあ、大いにその気持ちはリックにも分かるのだが。


「通るぞ？」

「おっじゃましまーす!!」

「門番お疲れさんやでー」

自宅の玄関《げんかん》のごとく門を通っていく三人。

リックは門番たちを見た。

ガクガクと全身をふるわせて青ざめている。知り合いなのは間違いないようだが、快く通すという件については首をかしげざるを得ない状態である。

「あのー、大丈夫で」

「ひい!!!」

「申し訳ありません、申し訳ありません!!!!」

地面に頭がめり込むのではないかという勢いで謝罪してきた。

どうやらブロストンたちの同類だと思われているようである。

確かに、一応パーティの一員ではあるのだが……しかし、リックとしては探し物が騎士《きし》団施設《だんしせつ》内《ない》にあると分かった途端《とたん》に襲撃《しゅうげき》しようとする人間たちと一緒にされるのはどうにも納得《なっとく》がいかなかった。

「えーと」

「申し訳ありません、申し訳ありません、申し訳ありません……」

「ごめんなさい、ごめんなさい、ごめんなさい……」

「……失礼しまーす」

リックは延々と謝罪を続ける哀《あわ》れな門番の横を通《とお》り抜けて門をくぐった。

快く通してくれるとは何だったのか。

□□□

——レストロア邸当主執務室《しつむしつ》。

「あら、茶柱がたってますわね。今日はいいことがありそうですわ」

ティーカップを片手に一人そう呟くのはレストロア領の領主、ミーア・アリシエイト・レストロアである。艶《つや》のあるロングの黒髪《くろかみ》に柔らかそうな起伏《きふく》のある体つきをした十七歳《さい》の少女だ。

「はあ、今日も平和で穏《おだ》やかな朝ですわ……」

平和。

そう、平和と平穏《へいおん》である。

ミーアの一番愛するものだった。

若くして両親から受け継いだ侯爵の地位と、敵対国である帝国《ていこく》と国境を接するレストロア領。これを無事に守り抜く重責をミーアは日々感じながら生きていた。

幸い、今は内部で大きな問題も起こっていないし、帝国との敵対関係もだいぶ落ち着いているが、それでもいつ何時問題が発生してもおかしくないというのが領地の運営というものだ。

だからこそ、ミーアは平和と平穏を何よりも愛する。

同じ領主の中には自らの管轄地をより栄えさせようと、四方八方へ走り回っているような人々もいるが、ミーアはそんな彼《かれ》らを見て単純に「すごいなあ」と溜息《ためいき》をついてしまう。

自分には維持《いじ》で手一杯《ていっぱい》だ。今の平穏を乱さないだけで四苦八苦している。このまま仕事人間として生涯《しょうがい》を終えるのだろうか。まあ、結婚はその辺の貴族か豪商《ごうしょう》の息子《むすこ》と見合い婚《こん》をすることになるのだろうが。

いや、そんな楽しくない考えはこれくらいにしておこう。

今はこうして心穏やかに朝のティータイムを楽しむことができる幸福を存分に噛《か》みしめ

……。

「ミーア様ああああああああああああああああ!!」

普段《ふだん》身の回りの世話をしてもらっているベテラン執事《しつじ》が、ドタドタと慌《あわ》ただしい足音を立てながら部屋に入ってきた。普段は耳をそばだてても聞くのが困難なほど足音をさせずに歩く男である。よほどのことがあったのだろうか。

「はあ」

ミーアはため息をついた。

自分は平和と平穏を何よりも愛する。だが、まあ、こういうものなのだ。領主というものは。

「それで、爺《じい》や何がありましたの?」

ミーアはそう言いながら、ティーポットの液体をカップに注ぐ。

「帝国の軍が奇襲攻撃《きしゆうこうげき》を仕掛けてきた」などということでもない限り、せめてもう一杯《いっぱい》飲む時間くらいはゆっくりしてもいいだろう。

問題の対処にはそれから

「お、『オリハルコン・フィスト』の方々が屋敷を訪問しにきましたああああああああああああああああああ」

「…………………………………………………………」

ティーポットを持ったまま、ミーアの動きが完全に停止した。

ドボボボボボボボボボ。

「み、ミーア様。お気を確かに。お茶がもの凄《すご》い勢いでこぼれております」

「あ、熱っ。じ、爺や。大変心苦しいですが丁重《ていちょう》にお帰りをいただいて」

ベテラン執事は首を横に振《ふ》った。

「通じる相手ではないでしょうな……」

「なら、私は体調が悪いので丁重にお断りを」

ベテラン執事はまた首を横に振った。

「残念ながら仮病《けびょう》が通じる相手ではないかと。多少の病は一瞬《いっしゅん》で治してしまえるブロスト様がいますし」

「……この前、国境警備用に取り寄せた最新の魔《ま》道速射砲《どうそくしゃほう》がありましたわね」

ベテラン執事は首を大きく横に振った。

「残念ながら……それこそ通じる相手ではないかと」

「ですわよねー」

ガックリうなだれるミーア。

その時。

コン、コン、コン。

と、執務室をノックする音が聞こえてきた。

――おーい、ミーア嬢。いるか？

肺まで響くような低重音だった。聞き間違えるはずもなく、あのオークである。

「どどどどど、どうしましょう爺や」

「お、おちついてください当主様。とりあえずは居留守を」

――おーい。

コン、コン……。


バキイイイイイイイイイイイイイイイイイイイイ!!!!

突如《とつじょ》、執務室のドアが木《こ》っ端《ぱ》みじんに吹《ふ》っ飛んだ。

「ごばあああああああああああ!!」

ベテラン執事が破片《はへん》に吹き飛ばされて、床《ゆか》をごろごろと転がる。

「ひゃいぃぃ!!」

悲鳴を上げるミーア。

いましがた執務室と直結した廊下《ろうか》から、化け物たちが入ってきた。

先頭を行く巨漢《きよかん》のオーク、ブロストンが顎に手を当てながら言う。

「ふむ、ノックの音が小さいかと思って少し強く叩《たた》いたのだが。根性《こんじよう》の足りない扉《とびら》だな……」

扉に根性があるとは初耳である。

ブロストンがミーアの方を見る。

「おお、ミーア嬢。久しいな半年ぶりくらいになるか？　あと、扉を壊《こわ》してしまった。すまん」

ブロストンの後ろには、いつものメンツ。アリスレートとミゼットがいた。

「やっほー!!　ミーアちゃんひさしぶりー」

「おおー、乳も尻《しり》もまたデカなったなあ。眼福眼福」

（あら？）

ミーアはブロストンたちの後ろに見知らぬ顔を見つけた。

「お、おじゃましまーす」

三十代くらいのどこにでもいそうな男だった。様子を見るにブロストンたちの連れのようだが。

それはともかくとして、ミーアは目の前のブロストンに引きつった顔で挨拶《あいさつ》した。

「ご、ごきげんよう『オリハルコン・フィスト』の皆様《みなさま》」

「ふむ、大規模盗賊《とうぞく》団の掃討《そうとう》を頼まれた時以来だから、半年ぶりくらいになるか？」

「そ、そうですわね。その節は大変お世話になりました。領民も安心して暮らせるようになりましたし、流通も以前より盛んになりましたわ」

ブロストンは礼を言うミーアの言葉を制するように右手を挙げる。

「なに、礼にはおよばんよミーア嬢。この世は『ギブアンドテイク』だ。持ちつ持たれつ。適切な助け合いこそが人々の最大幸福を実現する」

「そ、それで、本日はどうされたのでしょうか。実は私、この後どおーーーしても外せない用事がありまして、できればお話はまた今度。そう、来世とかそのあたりで」

「おお、そうかならば手短に済ませよう。なに、ちょっと『テイク』を頂戴《ちょうだい》しに来ただけさ。大したことではない」

ブロストンがニヤリと唇《くちびる》を歪《ゆが》める。

(あ、これ、ダメなパターンですわ)

「ちょっと、我々を身分を隠《かく》して東の騎士団学校にねじ込んでほしいと、たった、それだけの話だ」

「……たっ……た?」

国王直属の警察警備を一手に担《にな》う騎士団に、身分を詐称《さしょう》して入団させることが?

「では、頼んだ。用事があるのだったな? 忙《いそが》しいところに失礼した。さあ、帰るぞ」

「えー、ミーアちゃんと遊びたかったなあ。まあ、いいや。またねーミーアちゃーん」

「後でワイが細かい打ち合わせに行くわ。そんときついでにブロストンの奴がぶっ壊した扉修理したるで。上級魔法でもビクともせえへんようになるから楽しみにしといてなー」

嵐《あらし》のごとく現れて去っていった化け物たちの背を見送り、ガックリと膝《ひざ》をつくミーア。

「また、こうなりますのね……」

確かに『オリハルコン・フィスト』は先刻の大規模盗賊団掃討作戦をはじめとして、ミーアが領主として危機に陥《おちい》ったとき力をかしてくれる存在である。ミーア自身もその協力に報《むく》いたいという思いはある。

ブロストンの言うとおり、ギブアンドテイクの精神は大事だ。特に貴人である自分は人々から与《あた》えられることが当たり前になってしまいがちである。

しかし、だ。

こちらが「ギブ」されたものに対して、彼らの要求してくる「テイク」が毎回めちゃくちゃなのである。

ちなみに前回は、戦闘《せんとう》を始めるから五つの町の人間（合計二百万人）を七十二時間以内に全員避難《ひなん》させろ。だった。

普通《ふつう》に無理である。

いや、その無理をなんとかして無事に死人を出さずにすんだのだが、その三日間でミーアが死にかけた。過労と心労で。

人命救助のために命を落とすというのは、ドラマチックではあるのだが本人からすれば笑い事ではない。

そして今度は騎士団学校への潜入の手引きである。侯爵の地位を持つとはいえ相手は国王直属の組織、根回しの困難さを思うとすでに頭痛が襲《おそ》ってくる。

ちなみにミーアは彼らを目の前にして断るという選択肢《せんたくし》を選べるほどの勇者ではない。

（うう、先ほどまで心穏やかにティータイムを楽しんでいましたのに……）

ミーアの愛する平和・平穏とは対極に位置するのが『オリハルコン・フィスト』という

連中であった。

「あ、あのー。大丈夫ですか？　立てます？」

不意にミーアの頭上から声が聞こえた。

顔を上げると、先ほどブロストンたちと一緒に入ってきた中年の男がこちらに手を差し出している。

「うう、ありがとうございます」

その手を取って立ち上がるミーア。こういう当たり前の優《やさ》しさが今はもの凄く心に染《し》みる。

「え、えーと。あなたは初めて見ますけど……」

「ああ、二年前にパーティに入ったリックです。なんか、すいませんね領主さん。ウチの先輩《せんぱい》たちはめちゃくちゃで」

ミーアは驚《おどろ》いて目を丸くする。

改めてリックの容姿を見ると、本当にどこにでもいそうな男だ。この男があのパーティに入った？

「しかも、二年前に……し、失礼ですが、大変失礼だと思いますが、その……なんで、まだ生きているのですか？」

「自分でも不思議です（白目）」

リックの短い言葉とその表情には筆舌《ひつぜつ》に尽《つ》くしがたい、何かがこもっていた。

「な、なるほど、あなたも苦労されているんですね……」

「ええ、まあ。あ、用事があるんでしたよね？　俺もおいとまさせてもらいます」

リックはそう言って、扉（だった壁《かべ》の穴）から部屋を出ていった。

残されたミーアのもとに、扉の破片の中から這《は》いだしてきたベテラン執事が声をかける。

「ゲホゲホ、あ、相変わらずですな……あのお方たちは。領主様お怪我《けが》は？」

「ええ、大丈夫です」

「それにしても、あのリックという男。ああ見えて恐《おそ》らくかなり腕《うで》が立ちますぞ」

「そうなのですか？」

「ええ、まあ。これでも、長年多くの護衛兵たちを見てきましたから。あの者は一流の剣《けん》士《し》のように身のこなしに無駄《むだ》がありません。何より領主様も感じた通りあのパーティで二年間生きていられたというだけで、十分な裏付けでしょう」

「た、確かに。人は見かけによりませんのね……あら？」

そう言ったところで、ミーアはあることに気づく。

「爺や。なぜか私、今、心臓がドキドキしています、もしかしてリック様にときめいてしまったから？」

「いや、普通に恐怖《きょうふ》が原因かと。吊《つ》り橋《ばし》の上よりも遥《はる》かに危険な方々と対面したばかりですので」

執事は苦笑いしながらそう言った。


二つ目の『六宝玉』を手にしたリックたち。

しかし、まだ『六宝玉』は四つも残っている。

リックたちの次なる目的地は『世界一厳しい学校』と言われる騎士《きし》団員《だんいん》養成施設《しせつ》、『東方騎士団学校』‼

あとがき

岸馬「４巻の表紙は殴り合いでどうっすか？」
編集「あ、いいっすね。採用」

というわけで、表紙も中身もただただ漢と漢のぶん殴り合いでお届けした４巻でした。
もう表紙に女っ気がないことは誰もツッコまなくなった異様な空間がこの作品にはありますね……。

ちなみに主人公と師匠が拳を打ち合っている表紙は、いつかやりたいこと思っていたことでした。夢がかなって感激です。Ｔａｅさんも期待通りの絵を書いてくださいました。
表紙も素晴らしいですが、裏のあらすじの方を読んだ読者様はいるでしょうか？　普段編集さんが書いて、僕が修正を入れてという感じで作っているのですが、今回に関しては素晴らしすぎて全く注文のつけようがなかったです。４巻の面白さや熱さがギュッと凝縮されています。是非、まだ見ていないという方は御覧ください。

さて、少し自分の話をしますと、私、岸馬きらくはこうしてプロとしてデビューするまでに、新人賞に100回落ちている人間であります。

元々岸馬自身は、自分の書く作品が凄まじく大好きな「自作ナルシスト」なわけですが、そんな岸馬でも、これだけ落ちまくれば自分自身に自信がなくなってくるものです。

そんな時に、運良く師匠である鷹山先生と出会うことができ、自分の作品に対する自信を取り戻し、正しい作品の書き方を学び、プロとしてデビューすることができました。師匠には感謝してもしきれない思いがあります。

そんな岸馬も今となっては自分で「岸馬きらく創作研究所」という創作塾を開き、小説家志望の人たちに教えている立場になっています。創作談義でも師匠と同じ目線で話し合うことができるようになりました。

この4巻にはそういう想いを込めたところもあります。師にとっての一番の喜びは、弟子が自分と対等にやり会えるようになること。今岸馬が教えている塾生（ウチでは研究員と読んでいます）も、いずれ岸馬とバッチバチに創作談義ができるようになることを楽しみにしています。

それから、コミカライズ版『新米オッサン』はもう皆さん読んだでしょうか？

漫画の荻野先生が素晴らしい画力で表現してくれています。岸馬が一番お気に入りのコマは、一話でリックの回想でアリスレートが山をふっとばしたところです。圧倒的な威力の描写に思わす震えました。

しかも、荻野先生って紙原稿で書いてる人なんですよね。絵に関しては素人の岸馬にはわかりませんが、実際に紙に書かれた原稿には、デジタルからは感じられない独特の迫力がありました。こういうのを誰よりも早く見ることができるのは作者冥利に尽きるなあ。という感じです。

こうして『新米オッサン』シリーズは、色々な人に支えられて世に出すことができています。この場を借りて皆さんにお礼を申し上げます。

さて。

ページも余ったので、ここは一つ昔の僕と同じく、これから小説を書こうとしている人のために、簡単なコツのようなものを書いてみようかと思います。

小説を書く時は必ず『ログライン』というもの事前に決めて、それを一本に絞る意識をしてみてください。

『ログライン』とは作品の面白さを端的に一行で表したものですね。ハリウッドの脚本などでは、必ず一番最初に書かれていて、ログラインが面白くなかったらその時点で続きは読んでくれないそうです。

『新米オッサン』シリーズで言ったら『三十歳から冒険者に転職した男が、最強のパーティに鍛えられて自分も最強になって、オッサンのくせに夢見てんじゃねえよ、と舐めてかかってくる敵を打倒していく』ということになります。

そして、そのログラインを一つ決めたら、脇目もふらずにとにかくそのログラインの面白さを実現する為に、本文のすべての文章を使うんです。新米オッサン冒険者の一巻を持っている方がいたら、もう一度読み直してみてください。本当にそれ以外のことは書いてないですから。

ここで大事なことは、ログラインを絶対に一本に絞ることです。

皆さんが書きたいのはどんな作品でしょう？

ラブコメ？　学園異能バトル？　本格ファンタジー？

何をやるにしても、ログラインは必ず一つです。よくありがちなのが、急に今まで何の前フリもなかったことを主人公が悩みだして、それを追っていくうちに物語が何の物語なのか分からなくなってしまうことです。ログラインは、物語を書く時の方位磁石です。初めに決めた方向に進み続けられるよう、常に確認しながら作品を書いてみてください。

それだけでアナタの作品は劇的に面白くなります。

それでは、また次の巻で会いましょう。

著／保利亮太
イラスト／bob
ウォルテニア半島に
居を据えた
御子柴亮真の
躍進は続く――。
2020年春　発売予定！

コミック版も好評連載中！
漫画：八木ゆかり
原作：保利亮太
キャラクター原案：bob
コミックス
①～⑤巻発売中!!
コミックファイア公式サイト
http://hobbyjapan.co.jp/comic/
ウォルテニア戦記XV

コミカライズも連載中の
スナイパー英雄譚！
著／かたなかじ
イラスト／赤井てら
漫画：瀬菜モナコ
原作：かたなかじ
キャラクター原案：赤井てら
発売予定!!

魔眼と弾丸を使って
異世界をぶち抜く!
第7巻 2020年春

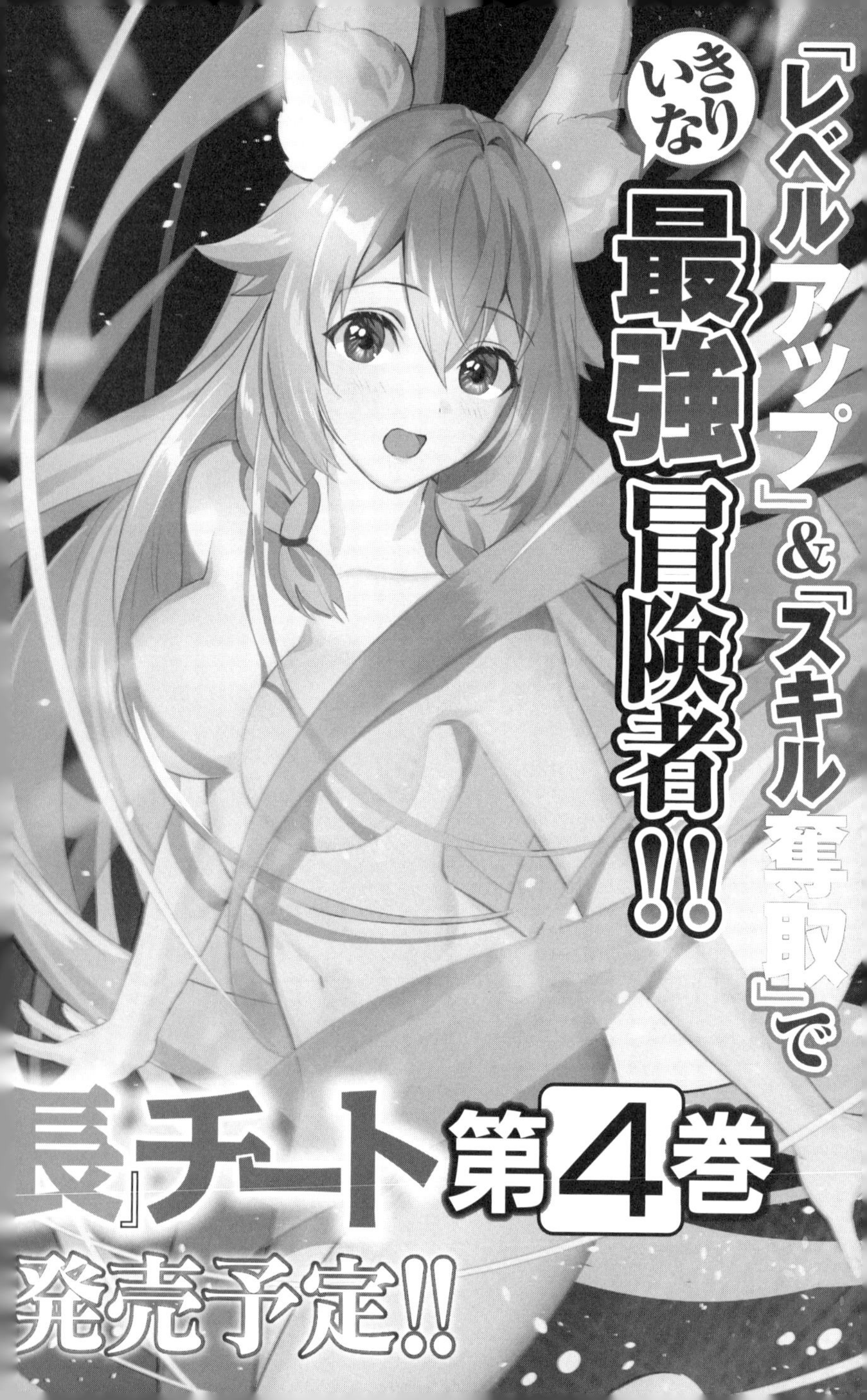
『レベルアップ』&『スキル奪取』で
いきなり
最強冒険者!!
』チート 第4巻
発売予定!!

著／かたなかじ
イラスト／teffish
才能《ギフト》がなくても
冒険者になれますか？
ゼロから始まる『成
2020年春

白兎のクラスにやってきた
転校生の少女・リーゼ。
彼女と意気投合した白兎は
『DWO《デモンズ》』のパーティに誘う。
著：冬原パトラ
イラスト：はましん

リーゼを仲間に加え、
さらににぎやかに
楽しむシロたち。
しかしゲームにはいろいろ突発的な
危険もあるようで……。
VRMMOはウサギマフラーとともに。2
VRMMO with a rabbit scarf.
2020年春頃発売予定！

HJ NOVELS
HJN36-04

新米オッサン冒険者、最強パーティに死ぬほど鍛えられて無敵になる。4

2020年2月22日　初版発行

著者―― 岸馬きらく

発行者―松下大介
発行所―株式会社ホビージャパン
〒151-0053
東京都渋谷区代々木2-15-8
電話　03(5304)7604（編集）
03(5304)9112（営業）

印刷所――大日本印刷株式会社

装丁―― 下元亮司(DRILL)／株式会社エストール

Printed in Japan

ISBN978-4-7986-2126-5　C0076